◆▶ 中国文学名家小小说精选丛书

抬头看啊看星星

崔立 著

江西高校出版社

JIANGXI UNIVERSITIES AND COLLEGES PRESS

南 昌

图书在版编目（CIP）数据

抬头看啊看星星 / 崔立著 . -- 南昌 : 江西高校出版社 , 2025. 6. -- (中国文学名家小小说精选丛书). ISBN 978-7-5762-5680-2

Ⅰ . I247.82

中国国家版本馆 CIP 数据核字第 2024W563J6 号

责 任 编 辑　周惠群
装 帧 设 计　夏梓郡

出 版 发 行　江西高校出版社
社　　　　址　江西省南昌市新建区工业二路 508 号
邮 政 编 码　330100
总 编 室 电 话　0791-88504319
销 售 电 话　0791-88505090
网　　　　址　www.juacp.com
印　　　　刷　鸿鹄（唐山）印务有限公司
经　　　　销　全国新华书店
开　　　　本　650 mm×920 mm　1/16
印　　　　张　13
字　　　　数　160 千字
版　　　　次　2025 年 6 月第 1 版
印　　　　次　2025 年 6 月第 1 次印刷
书　　　　号　ISBN 978-7-5762-5680-2
定　　　　价　58.00 元

赣版权登字 -07-2024-933

CONTENTS
目 录

抬头看啊看星星

第一辑

人间真味

◀ 一张船票的温暖

　　那是一个冬日的傍晚，码头处的风特别大，我站在长长的码头上的长廊前无助地徘徊着。越过长江的码头的对岸，就是我想回的家。

　　看着购票大厅上方大红色的显示屏，不停在显示着下一班船的时间和购票金额。而我，却是一脸的茫然和无助。出来时走得急，忘带了钱包，身上的钱根本不够去买一张船票。

　　我眼巴巴地看着排着队购票的人群，我希望能遇上一个我认识的人。

　　时间在不知不觉中悄然蚕食着我那一点点的希望，看着越发变暗的天空，越来越少的购票者，我知道我的希望已经非常渺茫了。接下来，我唯一该做的，就是赶紧去乘上公交车，回到我住的地方。到明天一早，我再赶到码头来。

　　可回住处的距离码头太远了，需得转三辆公交车，花上两个多小时才能到啊。即便我在想着回去，我的眼睛还是不自觉地在购票的人群中穿梭着。

先生，是不是有难处啊？一个声音叫住了我。

我就看到一个戴着一顶帽子的中年男人正看着我。

我点了点头，说，是。我告诉了男人没钱买船票的事，男人问我，需要多少钱？

我说了个数字，男人二话没说就把钱掏给了我。看着男人给的钱，我反而有些发愣了。我居然问他，你为什么给我钱？

男人笑了，说，难道你不需要吗？

我从包里掏出纸、笔，要记下他的地址，好还他钱。

男人制止了我，我有些急了，脸都涨得通红，说，你不信我？

男人却摇摇头说，不用还。男人想了想，又说，下次如果你碰到像你今天这样没钱买船票的人，我希望你也可以像我一样帮助他，让这张船票的温暖可以一直延续下去。男人边说，边给我讲了一个故事，如我一样曾经窘迫的他，一次遭遇过的，关于一张船票的温暖的故事。

我点了点头，说，好。

之后，我还真在码头上碰到了如我一样需要帮助的人。那是一个穿着有些时尚的学生族，我能在他焦虑的目光中看出他和我以前一样的窘迫。在他一片惊讶中我毫不犹豫就给了他买船票的钱，在他一脸感激时告诉了他如他一样的我以前的遭遇，并希望他能把这一张船票的温暖延续。

学生族很高兴地点着头，再三答应着。

那次是我第一次帮助别人。

而至今，我已记不清帮助过多少这样需要帮助的人。但是不是他们真的会和我和曾经帮助过我的那个男人一样，去延续那一张船票的温暖，我始终有些怀疑。

直到有一天，在购票排队的人群旁，有一个如我当年一样表情的人在不停徘徊着，满脸都是焦虑。我刚想迈开步要去帮助他时。在我身后的那个年轻人，居然先我一步走上了前。

我很清晰地听到年轻人问清了那人的缘由，并且很快就把那人需要的钱给了他。紧接着，我还听到年轻人和那人讲着一张船票的温暖延续的故事。这很让我震惊。

我不知道这个年轻人是被谁帮助过的，也许正是我帮助过的人帮助过的。

其实，这已经不重要了。

重要的是，我们帮助了真正需要帮助的人。

这比什么都重要。

◀ 生　意

　　商业街上，水果摊一字排开，刘美霞不摆前不摆后，只摆在中间。中间会是生意最差的。一边的人来买水果，从一边的头上买完就走了；另一边的人来买水果，从另一边的头上买完也走了。上午，作为朋友，我去了刘美霞摆的摊位。说了我的疑问，刘美霞笑了，说，中间便宜啊。我又问，那有生意吗？当然有啊。刘美霞说。

　　果然。在我们聊天的时候，还真有一个人上来，只看水果外观，不问价格，直接上来就拿马甲袋，马甲袋塞得满满的，就往电子秤上放。然后，付钱，走人。

　　我说，熟客吗？刘美霞点头，说，是。一会儿，又有人过来，也不问价格，直接就拿来上秤、付钱。你哪来的那么多熟客啊？我又问。刘美霞看我一眼，这次，她没回答我。

　　当然，也有生客来。是个中年女人，一看就很挑剔那种。是从一边的水果摊气呼呼地过来的，好像是价格没谈拢，上来就指着一种国产的橙子问，这什么价格？刘美霞说了个价格。女人又问了另一种进口橙子的价格，刘美霞也说了。女人又问，为什么同样是橙子，价格会这么大呢？刘美霞说，一个是国产的，一个进口的，口感不一样的。女人说，那我拿几个国产的吧，能不能给我搭一个进口的，我如果觉得好吃，下回就来买进口的。我以为刘美霞会拒绝，她却说，行，你拿吧。女人就挑了个最大的进口橙子，放在几个国产橙子中间。上秤，付钱，然后走人。

看着女人走远，我说，这样的人不多吧？刘美霞说，总有一些吧。我说，那你这样不亏吗？刘美霞说，没事，薄利多销吧。我愕然。

说话间，又有一个男人上来了，农民工打扮的，显得有点畏首畏尾的样子。男人问了几种水果，看着就不像是个有钱的主儿。估计多半是一边的摊主嫌烦，不愿搭理的。刘美霞倒是不厌其烦，一一给他说明。男人看了好久，不时还搓着手，看得出男人心头的犹豫。半天，男人拿了个马甲袋，小心翼翼地挑了四五个苹果，又挑了两个火龙果，上秤。男人掏钱，数了数，又数了数，看起来，钱不够。刘美霞说，缺多少？男人低了头，说了个数。又说，要不，下回我给您送来。刘美霞看了男人一眼，说，行，你拿走吧。

男人走了。我看了他背影老半天，也没看出来这个人下回会来还钱。多半是干完这里的活，又跑别的地方干活去了。还能来还钱吗？我说。刘美霞说，没事，不还就不还吧。

一上午，来来去去的，来得人倒是不少。看起来，似乎还要比两边的摊位生意要好些。不过，有了那几笔赚不到钱的，估计，刘美霞的利润是高不了的。

下午，又来了个眉清目秀的年轻人，一上来就说，我要买水果，但没带钱，可以下次给吗？我乐了，想，脑子没坏吧？刘美霞居然没拒绝，只是看着年轻人。年轻人说，我来女朋友家，跑到这才发现忘带了钱，回去也来不及了，空手又不能上去……年轻人做着解释。这骗术也太低级了吧。刘美霞动了动嘴，是拒绝吧？谁知，她说，行。年轻人拿了不下一百块钱的水果。上秤。年轻人拿了张纸，要给刘美霞写张欠条。刘美霞摆摆手，说，不用写了，我信你。

年轻人拎着满满的两手水果走了。我朝刘美霞瞪着眼，说，你疯啦，你一天能赚多少钱啊，有你这样做生意的吗？

刘美霞只是笑笑，不语。

后三天。刘美霞给我拨了个电话，说了三个事儿。

一个是那个中年女人，带了好几个女人，一起来光顾她的水果摊，买了好多水果。

第二个是男人来了，还了钱。也买了一些水果。这次，钱带够了。

第三个是年轻人也来了，带着他的漂亮女朋友，给了三百块钱，扔下钱就走了，追也追不上。

还有，她的生意越来越好，快忙不过来了。

◀ 医　者

　　孩子送来时，已经快不行了，张朝和老婆急红了眼。好几个医生，在看了片子和孩子的状况后，都摇着头说，不行，不行，这个手术我没把握。张朝和老婆真的是急疯了，差点就给他们跪了下来，说，求求你们，你们一定要救我儿子啊。一个年轻医生，看着有些不忍，说，有个叫从勇强的医生，是我们这里的专家，可能有点希望，但是……年轻医生有些欲言又止。

　　但是什么？张朝说。年轻医生想了想，说，我去给你打个电话试试，他如果说可以，那就可以。电话打完，年轻医生说，从医生答应了，马上就动手术，你们准备一下吧。张朝和老婆一阵惊喜。张朝朝老婆使了个眼色，老婆就去了趟门口的银行，匆匆回来时手里多了个鼓囊囊的信封。

　　那个叫从勇强的医生，走过来时脸上有点憔悴，他的身后跟着推着孩子的病床，眼瞅着快要到手术室了。张朝把从医生拉到了一个角落，然后递上那个信封。从医生不接，反复几次，张朝脸上都有了汗。有一个护士在喊，从医生，可以手术了。从医生推托不过，只好接过信封，随手放进口袋里。然后，就匆匆进了手术室。

张朝和老婆被阻拦在了手术室的门口，看着门轻轻地被关上。张朝拍了拍老婆的肩，说，没事的，一定没事的，医生都把红包给收了，他一定会尽全力的。

这次的手术，真像是一场马拉松。从下午六点一直到凌晨一二点，张朝和老婆坐在门外的地上，差点都虚脱了。怎么还没好呢，怎么还没好呢。老婆嘴里不停地在喃喃着，眼角的泪早已干了，留下一道道清晰的泪痕。不时还怪上自己几句，都怪我，没照看好儿子。张朝拉住她的手，紧紧地。

不知什么时候，手术室的门打开了，有一个护士在喊，谁是张海旭的家属？张海旭正是孩子的名字。张朝和老婆听到声音，早已拥了上去，说，我是，我是。护士说，手术很成功，孩子一会儿就出来，先进重症监护室，你们别着急。临走，护士不知是有意还是无意，说，你们啊，还真该感谢下从医生。

几天后，老婆经过医院楼下的表彰栏，发现上面有从医生的照片，仔细一看，这是年度模范医生的事迹专栏。原来从勇强因一台手术，错过了和父亲见最后一面的机会，留下了终身的遗憾……

老婆回到病房时，把从医生的这事告诉给了张朝。张朝想了想，说，他是尽力了，可他不是也收了我们的红包了吗？这样的人，怎么可以评模范呢。老婆想了想，也是啊，好像是有点说不过去。

张朝和老婆只是在病房里轻声地述说，邻床的一个病友听到了他们的对话，也没吭声。出了病房，就和另一个病友说了起来，说起了那个叫从勇强的医生，收受红包却被评模范的事儿。

事儿很快传到了许多人的耳朵里。

再一天，老婆看到了表彰栏里，从勇强医生的照片悄悄被撤了下来。回到病房时，又有两个说是医院监察处的人，来了解情况，把他们带进了一间办公室。

在那里，他们看到了坐着的从勇强医生，他们是有些歉意地，虽然他们给了红包，但毕竟人家救了自己的孩子。从医生反而朝他们微微一笑，说，你们查过交给医院的押金吗？张朝和老婆摇头，说，没有。一个男人递给了他们一份押金收据，在他们手术的当晚，孩子的账户上又多了一笔钱，那个数字，正是张朝塞给从医生的钱。

从医生说，当时收你们的钱，一是想让你们放心，二是时间确实也紧迫。

张朝说，从医生，对不起，我……

从医生摆了摆手，说，医者父母心，无论我做什么，我首先想到的都要对得起我的良心。

◀ 朋 友

接到沈列电话时，我是意外的。

算起来，我们至少有五年没联系了。最后一次见面，是在一场激烈的争吵后轰然结束。这次争吵闹得有些大了，一场从小玩到大的朋友就此不相往来，他没联系我，我也在手机里删除了他的电话号码。

在电话里，他问我，过得好吗？

我竟不知道该怎么回答他了，我过得好吗？前不久，企业改制，我下岗了。屋漏偏逢连夜雨，老婆又突患急病，还在住院中。儿子在读大学，天天吵着问我要钱。我不知道这算是好呢，还是不好？

但在电话里，我还是告诉他，我过得很好，谢谢他的关心。然后，我就挂了电话。我怕他还会问些其他的，我不确定我还能不能编些其他的搪塞他呢。

谁料，在一周后，沈列居然又打来电话。这次，更让我意外了。

我甚至在想，他是不是带有某种目的性呢？！

当然，在电话里，我还是告诉他，我很好，我再次感谢他的关心。

事后，我找了个我和沈列都相熟的朋友，暗暗打听着沈列的近况，朋友很振奋地告诉我，你说沈列啊，这小子开公司发财了，出门是车来车往，住的是洋房别墅，要有多风光就有多风光。

我明白了。挂了电话，我就在想，敢情这小子还在记我当年的仇啊，现在发达了，就寻思着看我的笑话吧。我想到了我和沈列的以前，多铁的哥们啊。那时有我喝的，就绝对不会让他渴着，有他吃的，也绝不会让我饿着。

而现在，这一切都变味了。他一定还牢牢记着五年前那一场激烈的争吵。那一场争吵确实也有我的不对。可没必要记恨到现在啊。

他要笑话就让他笑话吧。我暗自无奈地苦苦一笑。

一星期后，沈列的电话再一次如期而来，电话响了半天，我没接。我以为他打完就好了。可一会儿，电话又响了。我耐不住，接了。这回，沈列没有再问我过得好吗？沈列只是淡淡地对我说，能出来见个面吗？

我一听，火顿时就上来了，敢情这沈列是想亲眼看我的笑话啊，看我现在是怎样的瘪三样吧。我忍不住就在电话里告诉沈列，沈列，你小子给我听着，你别以为你现在发达了，有了几个钱就可以寒碜我了。我最近过得是不好，那又怎么样？和你好像没什么关系吧。我把这一段时间以来沉淀地委屈一股脑儿倒给了沈列，隐约间，电话那端半响无声，然后我听到了阵阵忙音。

我暗暗为自己的勇敢而自豪。

在家里整理完一堆杂物后，我匆匆赶到老婆住的医院。

老婆看到我来，告诉我，沈列来过。

我愣了。沈列怎么找到这儿来了，他到底想干吗呢！我发觉自己心底的那一团火又开始漫上来了。

老婆还指了指她床边的一个大纸袋说，那是沈列托她转交给我的。

我不由瞪了老婆一眼，责问她，为什么不直接扔了，这家伙能给什么好东西！

老婆说，我看沈列不像有什么坏心眼，对她也挺热情的，还再三问了她的病。还说有什么需要他帮忙的一定不要客气，他会尽力……

我在老婆的指引下犹豫着拆开了那个纸袋。

我惊讶地发现，纸袋里居然有厚厚几大沓的钱，足足有五六万块。纸袋里还有一封信，信放在信封里，信封上写着二虎子（我的小名）收。

我满是疑惑地拆开信，在信中，沈列告诉我，他联系我，并不想来取笑我什么，只是他最近听朋友说我的近况并不好。而他现在，确实是有了钱，以前没钱时觉得钱比什么都重要，可现在他发现，他交不到真正的朋友了。身边和他称兄道弟的狐朋狗友看重的都是他的钱，他现在少的就是如我一样和他共过患难的朋友。所以他才打电话给我，他是希望能帮到我，希望我们还能做回朋友，但我一次次地拒绝让他无奈，所以他才想出了不得不直接来到医院。如果我还承认他是朋友，他希望我能就把钱收下，如果我工作上有困难，我也可以去他那里上班……

看完信，我一拍手机，拨通了沈列的电话。

电话接通的刹那，我狠狠地吼道：二狗子（沈列的小名），你这王八蛋……

我吼出了满眼的泪。

◀ 阳光下的微笑

那是一个凶残的罪犯。

即便是他的面色，也是出名的冷。不苟言笑，说话，表情，都一样冰冷。大家都甚至忍不住怀疑，这个人的心，是不是石头做的！

铁证如山。

他不得不低下了他高昂的头颅。

他对自己所犯下的所有罪责供认不讳。

不过，对于让他交代他的同伙时，他却一个劲地摇头。尽管反复提审，晓之以理，动之以情，坦白从宽，抗拒从严。

他却只是冷笑，冷冷地再度摇头，说，对不起，我觉得，我已经没有什么可交代的了。

他被关进了拘留所。

所有对他审讯的人，都一筹莫展。

该说的，该问的，都做过了。

他的那一张嘴，像一把严实的锁，怎么撬也撬不开。脸，一如既往地冷峻。

一筹莫展之下，有人想到了老俞。老俞是这里几乎所有警官的师傅了，老俞做了三十年警察，破获的大小案件不下数百起。

老俞答应了，并且很快进入了专案组。

不过，老俞却迟迟不进入审讯流程。只是淡淡地说了句，能不能先让我和他见个面。

没人怀疑老俞的办案能力。很快就有人把老俞安排进了拘留所。

老俞选择的是自己一个人进的拘留所。

老俞去的时间，正是一个半下午。

所有的犯人都被安排出去，在拘留所里的一处广场上晒着太阳。老俞看过他的照片，远远地看他一个人站在一侧角落，默然无语，面无表情。老俞并没上前，只是远远地看着，一直看着。

那天之后，老俞还是没有审讯。第二天，老俞又去了趟拘留所。

连着一个多星期。老俞都是一早赶去拘留所，下午时，又出拘留所里赶回来。

有同事提出了疑义，老俞整天这样在拘留所跑来跑去，能有效果吗？为什么不干脆坐在审讯室里审他，兴许就能审出点什么呢！

老俞只是微笑着，说，快了，很快就会有结果了。

那一天，又是个阳光灿烂的好天气，老俞一早赶去了拘留所。还是那个他站着的位置，老俞在远远地看着他，观察着他。

不知过了多久，拘留所外突然噼里啪啦地发出一阵爆竹声，有无数个气球被放飞在这天空。看着某个气球上一个灿烂的笑容，他的脸上，莫名地闪出了一丝笑意。那笑，笑得很舒心。可惜时间太短，一闪而逝。

不过，老俞还是捕捉到了那一丝的笑。

老俞的脸上，也漾起了一缕淡淡的笑。

那天晚上，老俞提审了他。

老俞什么话也没说。只是从怀中掏出了一张照片，照片上是一个孩子暖暖的笑。笑得很温馨，很可人。

他的脸虽然还是紧紧地绷着。但明显是因为紧张，因为心理防线的松动，而做着最后的挣扎。

这个孩子笑起来是不是很可爱？老俞轻轻地说了一句。

他的整个人因了那句话，似乎就垮了下来。

他的声音微微有了颤抖，说，能让我见下我的儿子吗？

当然可以，老俞说，不过，在见他之前，你是不是可以把你所知道的事，交代一下？

他想了想，忽然用力点了下头。

他很快交代出了那些同伙。

那些人很快落网了。

在庆功宴上，很多人都让老俞谈下审讯成功的秘诀。

推托不过。老俞说，其实有时候，我们审讯，更要抓住罪犯的心理特点。我知道这边有一个幼儿园。那天是儿童节，幼儿园里有孩子们放飞气球的那个节目。那个孩子微笑着的气球，让他在那一刻，想起了他的孩子的微笑。他的孩子和那些幼儿园的孩子差不多是一样的年纪。于是，很自然地，因为他爱着他的孩子，我就看到了阳光之下，他脸上所发出的微笑。

我时时在想，再是凶残的罪犯，对于自己的孩子，也都是深爱的。

说那句话时，老俞的面色异乎寻常地严肃。

◀ 寻找送包的人

李大河是一名报社的记者。

那一个早上，兴许是前一晚睡得不是很好，精神状态有些欠佳，李大河奉命去采访完一个重要的事件。回到报社时，居然发现自己随身携带的包不见了。包里有李大河的所有证件、钱包、采访的稿件。

同事们劝李大河去报警。李大河却摇头，说，他的包，或许会有人送上门来。包里是有李大河的电话和地址的。

同事们都乐了，说，你醒醒吧，你觉得现在这个社会，还会有人拾金不昧，主动把包送还给你吗？

正说着话，李大河塞在裤兜里的手机就响了起来，是一个男人沧桑的声音，请问是李记者吗？李大河说，是。男人说，我拣到了您的包，我想送还给您，请问，您现在在哪？李大河说，我在报社。男人很干脆地说，行，我马上就到。

挂了电话，同事们都在帮李大河想主意，说，这个人主动来送包，是不是有什么猫腻啊？同事们的话，倒让李大河原本平静的心，多少有了些担心。

可那男人又会有什么猫腻呢。大家想了半天都没想明白。

然后就有保安拨通了李大河的内线电话，说有一位男人，要见您，说要来还您的包。李大河说，让他上来吧。

门开了。是一个很不起眼的男人，甚至是身上还显得有些邋遢。男人一眼就认出了李大河，说，您和身份证照片上的人很像。李大河接过男人递上的包，说，谢谢。男人刚说了声没事，转身就要走。李大河愣了愣，说，你不坐坐吗？男人笑笑，说，不坐了，我还有事去做。

李大河和同事们很奇怪那男人怎么这么快就走了。

李大河想了想，忙叫住那男人，说，你能留个电话给我吗？男人看了李大河一眼，说，还是不用了吧。男人似乎猜到了李大河在想什么，说，你是不是在想我会对你有什么要求吗？李大河笑笑，说，没有。

然后，男人转过身，真就走了。

留下李大河和同事们愣愣地站在那里。

这事，被报社一位领导知道了。领导突然就眼前一亮，说，我们是不是可以把这事做一个专题呢？那个男人不是没留下他的地址嘛，我们可以通过新闻节目，将他找到呢？并且让他告诉我们，是什么促使他会拾金不昧的。

这个专题很快通过了所有人的认可。在如今这个冷漠的时代，太需要这种拾金不昧的榜样人物的形象了。

于是，李大河按照记忆中的那个男人的形象，报纸上每天以一整版的篇幅发表专题言论，号召大家帮忙一起寻找这个人。

功夫不负有心人，短短三天的时间，李大河就找到了那个男人。那男人居然是个很普通的下岗工人。

男人对于李大河的找来很有些不解，嗫嚅着不知说什么好。当李大河问他拾金不昧的原因时，男人的回答让李大河颇感意外。那就要感谢一年前主动归还我下岗费的那个女人，男人说，我觉得你们应该找到那个女人，她更值得你们去报道她。

李大河向领导汇报了这个事，领导说，这个好，拾金不昧的精神就是要这样延续的，找到这个延续的源头，可以让我们的专题更有价值。

按照男人记忆中的女人的影像，男人罗列了女人的轮廓。报纸上连着登了一个星期的照片，从若干个疑似的女人中，终于找出了一年前那位拾金不昧的女人。

当李大河问女人，是什么促使您把包还给他时。女人愣了愣，忽然若有所思状，说，那还要感谢三年前那个主动把捡到的包还我的高个男人。

费了九牛二虎之力，整整登了半个月的高个男人的照片，通过读者的帮助，李大河找到了那位高个男人。

看到高个男人的第一眼，李大河觉得这个人似乎还有点眼熟。

李大河介绍了自己的身份，李大河发现高个男人看自己的眼神有些怪怪的，好像他们俩是熟人一样。

当李大河问高个男人，是什么促使您把包还给她时。高个男人忽然朝李大河眨了眨眼，说，是你，是你触动了我。

高个男人说，我记得你叫李大河，我还记得十年前，你在光明一中读书。那时，你很年轻，你在学校门口捡了个包，然后主动报了警。我还是从你的手中接过我那个包的。

高个男人边说，边握住了李大河的手。

恍然间，李大河依稀记得，那一年的夏天，燥热的天气里，静静躺在树边的那个包。

莫名地，李大河笑了。

◀ 人生之渡

　　在车站，年轻人就盯上了那个中年男人，一开始是觉得有些似曾相识，但想了半天，确定是不认识的。然后，是中年男人那个鼓囊囊的包，一身挺不错的装束，吸引住了年轻人。特别是中年男人在车站旁的报刊亭买报纸时，从上衣内口袋掏出一个同样鼓囊囊的钱包，年轻人偷眼看到，厚厚的一沓火红的纸币。那抹红花了年轻人的眼。

　　公交车停下时，一群等候好久的乘客你推我挤争先恐后地上了车，中年男人也跟着上，年轻人跟在最后。年轻人不坐那车，他看中的是中年男人的钱包。

　　车上已经没座了，中年男人站在了一个靠窗的位置，一手拉着座椅的后把手，一手拎着包，视线看向窗外。年轻人不动声色地站到了中年男人的身旁，车上的人确实是有些多，在一推一搡之间，将年轻人推到了中年男人身边。趁着没人注意，年轻人的手轻轻一伸，已伸至中年男人身上，悄悄地把那鼓囊囊的钱包给"拿"了出来。猎物到手，年轻人想的是赶紧从人群中穿过，到达后车门，等待下一站时，车门打开，悄悄地溜了下去。

巧合的是，在那一刻，中年男人掏出手机打了个电话，说，老马，是我老赵啊，我让你帮我打给山区孩子的钱，打过去了吗？

年轻人听了这话，心头微微一动，伸出去的脚，不由停顿了下。

中年男人的电话声音很大，还能听到那边男人的声音，说，老赵啊，我还没打呢，你上次给我的那张清单上，可不少孩子呢，我数一下啊，一二三四五……一共 10 个，对吗？

中年男人又说，对，对，就是那 10 个孩子……

那边男人说，老赵，那可不少钱呢，一个人一个学期 1000 块，10 个人就是 10000 块啊，你这么些年一直无私地资助他们，值得吗？

中年男人笑了，说，当然值得了，你忘记了，我们上次去山区，看到的那些孤苦的孩子们，眼中所流露出的对知识的渴求，还有对美好生活的无限向往。

那边男人说，老赵，大道理我都懂，可是……毕竟这钱不是小数啊，而且靠你这么点微薄之力，又能帮上多少呢。

中年男人说，老马，确实我也帮不了太多，但你想啊，在我们小的时候，那时多苦，缺吃少穿，本来还想着读个大学，可没钱啊。没钱只能眼巴巴地看着有钱的人去上，要是当时有人资助下咱们，那改变的就是我们整个人生啊……

中年男人说得挺坦荡的。

年轻人的心却是平静不下来，老赵，老赵……年轻人嘴角默念了几句，像是有些恍然似的。年轻人的眼睛突然亮了一下。

靠在一根杆子处，年轻人从口袋里找出一支笔，还有一张皱巴巴的纸。年轻人一只手托着纸，一只手拿着笔，在纸上写下什么，挺郑重其事的样子。

车子走走停停，已经好几站了。坐车的人，比起刚才似乎是更多了几个。车子在一个颠簸摇晃之时，年轻人的身子猛地撞了中年男人一下，中年男人一惊，警觉了一下，用打电话的手碰了放钱包的上衣口袋，鼓囊囊的，还在。

又一个站头到了，年轻人随着下车的人流往后车门走。下车的瞬间，年轻人转过头，很认真地看了中年男人一眼。

几年前，年轻人也是中年男人资助的学生之一，因为家庭变故，年轻人终是放弃了学业，一头栽进了社会的泥潭。

中年男人掏出钱包，看到了里面塞的一张纸条，几个歪歪扭扭的字：对不起。中年男人很欣慰地点了下头。其实，中年男人早就认出了年轻人，那个电话，中年男人是打给年轻人听的，在年轻人拿去他钱包时，他就已发觉。中年男人渡过年轻人一次，这次，是渡了一个浪子回头洗心革面。

马路边，公交车已慢慢远去，对着车子离去的方向，年轻人很认真地鞠了三个躬。

◀ 美女同事买房

新来的美女同事要结婚。买房，44平方米，房东开价102万。

当然，102万是虚的，谁都知道，现在的房，泡沫化太重。房价，已经步入一个下降通道。

中介是个二十多岁的小伙子，联系了同事及其男朋友，还有年近六十的房东夫妻俩，大家聚在房子处，谈谈接下去的意向。

到了房子处，敲门。房东开门，进门。

同事之前来看过两次。这房，同事看着是满意的，因而就觉得，如果价钱差不多就定下来吧。

同事又细致地看了一遍房子，从卧室到阳台，再到厨房、卫生间。同事感觉这套房已是自己的一般，她边看，心头边在想着如何为这房子装修。

看完，进到客厅。房东夫妻俩和中介都已坐定。

同事和男朋友在一边的座位前坐下，中介微笑着说，房子看好了吧？还满意吗？同事点点头，说，还可以。

中介说，那没问题，今天我们就定下来吧。房东开出来的价格是102万。

第一辑 人间真味·

同事摇摇头，说，我出95万。

房东夫妻俩的脸色微微一变，连中介都有点惊讶。

转而，中介恢复到了正常，笑着对女同事说，这价格，好像太低了些，你也知道，这套房子很抢手的。前几天，本来这套房是以102万出手的，但因为对方贷款出现了问题，才作罢。既然大家都那么有诚意，谈出来的价格，可以稍微合理些，对吧？

久未出声的女同事的男朋友，说话了，就95万了。

中介的面色稍微有点沉，转而，去看房东夫妻俩。那对老夫妻，互看了一眼，似乎在做着眼神交流。半天，男房东轻轻吐了一句，100万。

同事冷冷地说，不行。

场面顿时就僵了下来。

中介一看这样就冷场，有点急了。

中介拉过同事，说，以目前这个房价，你说硬是要这个95万，那肯定是不可能的。既然房东都以为降到了100万，我觉得在这么一个地段，这么一个价格完全是合理的。你买这么一套房，真的是不亏。中介又说了这套房的种种好处，譬如地段好，譬如适合将来孩子读书，等等。

直听得同事有点头脑发热。

同事确实是太喜欢这套房了，都忘了再去和男朋友商量，就说，那大家互退一步，98万，行吧？

同事说出口时，坐旁边的男朋友有些发愣，原本都说好了，就95万。

但男朋友很爱同事，既然她这么说了，即便是98万。做男人的，也就扛下来了。

同事的98万报价一出口，房东夫妻俩似乎还不满意，还在那里摇头。

中介看了房东夫妻一眼，又看了眼同事。

中介把突破口又找向了同事，说，不能再加点吗？同事这回强硬了，说，98万，若不行，就再说吧。其实，刚才的98万说出口，同事已经有些后悔了。

这时，男房东说话了，99万，这房子就是你的了。

同事还没说话，看见男朋友已经站起了身。男朋友是怕同事脑子再热，拍拍同事的肩，说，我们走吧。

中介说，别走啊。

同事和男朋友留给了他们一个背影，男朋友说，让房东再考虑下吧。

走出了房子好远。被外面冷风一吹，同事说，我后悔了。

男朋友笑了，说，还好他们98万不同意，咱俩打个赌吧，一小时内，中介绝对会打电话来，说98万房东同意了。

不过二十分钟，同事还在回家的车上，电话就来了，中介说，98万，房东同意了，你们来吧。同事说，抱歉，我不同意了。然后，不等中介说什么，就挂了电话。

第二天，同事来上班，说了她这一头脑热的事儿，差点95万就变成了98万。

我笑了，说，在房子来说，95万和这98万，区别不是太大，但放在这生活中，这3万块钱，可以让你买多少衣服、鞋子；再换个说法，你买奶茶，我们整个公司几千人都人手一杯了；换言之，换成一毛钱的硬币，恐怕要装几卡车了。

同事笑笑，说，是的，现在我完全清醒了。

我说，这也不能完全怪你。对了，你还想买这套房吗？

同事点点头，说，想。

我说，那你这样，如果中介再打来电话，你就告诉他，如果房东愿意95万卖，3天内给你电话。过了3天，一天减一万。

三天不到。中介果然打来电话，95万，房东同意了。

签完意向合同回来，同事拉着我请吃饭。

◀ 余　地

　　一条长长的商业街上，杨一开了家水果店，李木也开了家水果店，相隔如此之近的店面，连进货渠道都是一样的。大小进货商送来水果清单，经过一番讨价还价，各式各样的水果被摆上了摊头。

　　也许是各人的还价方式的不同，杨一喜欢把价格压到很低，苦苦地和进货商进行着"肉搏战"；而李木谈论价格时，倒并不是"杀"得很过分，多少总给留一点余地。

　　进货。卖出。一切都是那样的按部就班。

　　四川产的橘子查出问题，继而影响到了全国的橘子的销售。那些个进货商送来的橘子，当然是没有问题了。送到杨一处，杨一一开始就拒绝，说，不要。进货商苦苦哀求，说，老杨，就算是帮个忙吧。杨一想了好久，说，进货可以，但你们给的价格要公道。进货商说，老杨，你要什么价格？杨一说了个价格，低到令人咋舌。进货商说，老杨，加点吧，你这样的价格，我们卖了也是亏的。杨一笑笑，说，那你们如果不卖，亏得会更大吧。进货商只好点头。

进货商找到李木时，李木出了一个价格，同样让进货商吃惊。很高，进货商还以为自己听错了。李木好像猜出进货商心中所想，说，你们没听错。我报出的这个价格，就是我的进货价，也是我的销售价。进货商还是不信，说，你把销售价都给了我们，那你赚什么呢？李木说，在这橘子上，我就没想过赚钱，平常你们也挺照顾我的，你说，谁没有个难处呢。我又何必"趁火打劫"呢……

事后，杨一听说了这事，暗暗地笑，说，这李木，真够傻的！

也确实，那几年，李木依然是小本经营，看起来也没赚到多少，而杨一，可是卖大发了。差不多的销售额，因为进价的差异。赚的钱自然也不同了。

一个夏天，台风张牙舞爪着袭来。又是风又是雨的，把一大片一大片的果林，都给吹得七倒八歪，把一树树的果子，也给吹得满地都是。

那些个卖梨，卖桃子的进货商，都急于把手上的这些水果出手。他们找到杨一时，杨一开出的价格，让他们摇头。这样的价格，真的是亏得没方向了。进货商苦苦哀求，老杨，你看我们也那么几年了，你多少也给加一点吧？杨一笑笑，说，你们也知道，现在这些买水果的人也爱砍价，三砍两砍下，我就没钱赚了，对吧？进货商们看着杨一坚持的表情，知道多说也无益，只好低下了头。

进货商们跑到李木那，李木给了一个价格，确实很公道。而且和杨一报的价格差异很大。进货商们有些疑惑，说，你给我们这个价格，你确定能赚到钱吗？李木笑笑，说，你们做进货的也不容易，而且平时也挺照顾我的。我少赚一点，哪怕在这上面不赚，都没什么问题。目前最主要的，是把你们手上的水果抓紧卖掉，把损失降到最低……进货商连连点头，直夸李木有见地。

风水一向都是轮流转的。

有过一段日子，进货商手上的水果也不多，不多价格自然就上去了。杨一要进货，一听那个价格，被吓着了，说，你们抢钱哪？进货商笑笑，说，你可以选择不进啊。进货商手上的水果不多，他们不愁卖不掉。杨一咬咬牙，说，那就进吧。

进货商去了李木处，给的价格，比以往差不多。李木是听说过进价贵的事儿，说，你们确定是这个价格吗？进货商笑笑，说，我们确定。进货商还说，不能只是你做少赚钱的事儿，其实我们也是可以做的嘛。李木明白了，说，谢谢。

杨一进了那些水果，因为进价太高，卖出去的价儿自然也贵了。许多买水果的人，一听这个价格，好多都被吓走了。进的水果，多半都没卖掉。

李木那里，还是与往日差不多的价格，他没想过要多赚什么钱。那些买水果的人，一瞅价格，好像很合理啊。二话没说，就买了。

进货商再上门时，还是很高的价格。杨一摇头，说，不要了，不要了。

那一段日子，水果的进价一直居高不下。杨一又不愿自己做亏本生意，苦苦支撑了几个月，就支持不下去了。杨一感觉看不到希望。

一条长长的街上，就留下了李木一家水果店，店里人头攒动，生意看上去还挺好。

◀ 梦
·······

张三这段时间一直是生活在半梦半醒之间。

梦中，张三看到一个孩子欢笑着朝自己奔来，不停喊着自己，"爸爸"，"爸爸"。可当张三伸出双手，想去抱住孩子时，张三却发觉怎么也抱不到。然后，张三就醒了，醒来后的张三只在一片漆黑中听到老婆微微的抽泣声，张三想去怀想那孩子的面容，可怎么去想，脑子里都是一片模糊，有的，只是一个孩子简单的轮廓，张三就忍不住重重地叹了口气。

张三和老婆结婚也有三年了。

同期结婚的那些夫妻，生下的孩子都可以蹦蹦跳跳了，可唯独张三老婆的肚子，还像一只原始股一样，丝毫不见有任何的长进。

在乡下，生不了孩子是要被人唾骂的，正所谓"不孝有三，无后为大"，张三父母的表情慢慢地就变得越来越冷，也越来越觉得见不得人，就连大门都不敢去迈了。

张三心里那叫一个愁啊。

张三也想过许多办法，去了县医院、市医院若干次，可结果总是让张三无奈而失望，问题出在张三老婆那里，医生说，并不是没希望，只是希望很渺茫，医生还说了个能怀上的概率数字，那数字，让张三的心都揪在了一起。

老婆哭丧着脸要寻死觅活，张三死死地拉住老婆，拉到自己也泪流满面。

张三也曾想过，要不去领养一个孩子？可很快，张三的想法就遭到了几乎所有的人的反对，领养？若是孩子的亲爹亲妈找来呢，又若是孩子将来知道自己的身世后要去找自己的亲爹亲妈呢？更重要的是，这不是就让老张家从此断了后吗？这是要遭祖宗唾骂的！

张三就很苦恼。

难不成离婚吗？可离了婚，那老婆怎么办？

一直以来，张三和老婆都是很令人艳羡的一对，从小的青梅竹马，到早早的私订终身，再到结婚这三年来，彼此间从未红过一次脸。两人的感情，并不是离婚就能离得掉的。

可又不能无后啊！

这几天，张三就一直是在想这个问题，无后是不行的，可离婚也不好啊。那又能怎样呢！

以至到睡觉时，张三也都是迷迷糊糊的，常常是在半梦半醒之间周游着。也许是白天把孩子的事想得太多的缘故，张三总能在睡梦中，梦到一个孩子，并且还朝自己笑着，叫着自己"爸爸"，这是足够让张三欢喜的。可又往往，等张三醒来时，才发现一切只是梦一场。眼前还是没有孩子，看到的只是老婆哭肿的双眼。

有时，张三还真想自己就此一梦不醒算了，至少是在梦中，可以自由自在地听孩子叫自己"爸爸"。那一声声爸爸，真是牵动着张三的心弦啊。

那天周六，满心苦闷地张三去城里去拿一份医院的报告单，路过一座公园时，远远看到几个孩子在大人的带领下，在里面的一处草地上快乐地嬉戏着。张三看着，不自觉就放缓了脚步。张三想，若是其中有个孩子是自己的，又该多好呢。

张三不自觉就走进了公园，张三想更近距离地去感受一下。看着那些孩子，隐约间，张三忽然觉得其中有一个孩子很像自己梦中的孩子。张三想着，不由多看了几眼。

孩子们玩的地方有一条青砖路，此时，正好有一个骑自行车的人朝路边驶过，孩子们玩得正起劲，那小孩不慎绊了一脚，一个惯性从草地上滑倒就朝路边倒去，不偏不倚，正对着骑车人的方向。所有的人都惊呆了，包括骑车的人，距离太近，早已无法控制方向或是让车停下。

在那紧张的时刻，张三突然一个纵身扑了上去，一把拉开了孩子，但自己的身体却被自行车磕了一下，重重地摔了一跤。等张三爬起时，孩子的父母忙上前连连感谢着张三，张三只是微笑了笑。

张三回到家后，想和老婆说今天公园里的事，可想了想，张三还是没说，张三怕一提起孩子，又惹老婆的伤心。

这个晚上，张三又梦见了孩子，梦见孩子朝自己走来，朝自己笑，而且这次，张三看清了孩子的面容，正是公园里看到的那个，张三抱住了孩子。张三乐呵呵地抱住孩子怎么也不肯松手。

张三醒来时，才发觉自己是抱住了一床被子。张三不由一阵苦笑。张三还看见睡在旁边的老婆不在。张三顿时有了些紧张，老婆不会去干什么傻事吧。张三忙从床上爬起来，要往外去寻老婆时，就看见老婆从外面走进来。张三刚想问老婆怎么了，老婆突然喉咙一张，一阵呕吐状。

老婆还说，从昨晚开始，已经呕了好多次了。害得她晚上都没睡好。

张三就想起了什么，想，这是不是有了呢。

张三拉着老婆就去了医院。医生看了张三老婆的检查结果，很高兴地告诉张三，恭喜你，这次真的是有了。医生的表情还显得很惊异，一再说，真不可思议啊。

张三一听，就高兴坏了，忍不住就要去抱老婆。吓得老婆连连摆手。

张三放下老婆后，就想起了那个梦中的孩子，还有公园里的孩子。

张三想：这是不是冥冥之中自有注定呢？

◀ 酒 友

是刑警，多喜酒，也海量。他作为一名老刑警，自然也喜酒，更海量，并且还有不少酒友。今天和他一起喝酒的这个酒友，是他几十年的老朋友。

他们自打小时候他就认识了。朋友的名字叫赵光，自己开一个贸易公司，还是个著名企业家呢。

既是酒友，酒量自然都不赖。

红的白的，混在一起喝个三五斤都不在话下。

喝着，扯着生活中的一些琐事。赵光聊公司，聊家庭。公司运作得不错，家庭也好，老婆是有名的贤妻良母。赵光每每都夸老婆是他事业成功的一大半。

他只管喝，却很少扯工作或是家庭。刑警队本是机密之处，没必要去扯。而家庭，他只管让老婆生儿育女。呵呵笑笑，一辈子也就过去了。

这几天，赵光似乎有了些担忧。

赵光说了最近生意上的诸多不快。赵光最近做一单生意时无意中得罪了一个人，那人据说是个黑帮老大。

他静静地听着，却没说话。只管喝着酒。

半天，他抬着头，睁着那双大眼，说，你做生意这么些年，不是第一次得罪人吧？

赵光点着头。忽然明白了什么，就笑了。赵光笑着拍了拍他的肩膀，说，老朋友，我明白了。

这顿酒，似乎喝得有些多了。

他喝得有些迷糊了。摇摇晃晃地直想往桌上倒。他想喊赵光，却见赵光早趴在桌上，呼呼大睡起来。

他醒来时，见自己被人移到沙发上。天已大亮，他一眼就看到了队长和其他同事，还看见了急红了眼的赵光。

队长说，赵光老婆昨晚被杀了！他想了想，却显得很平静。平静地看了看伤心欲绝的赵光。

赵光说，一定，一定是他杀了我老婆。然后赵光说了他最近得罪的那个人……

赵光是对着他说的，他却没有任何反应。

赵光以为他会点头，却突然看到他在摇头。

他突然冷冷地看着赵光说，不，不是，人是你杀的。

队长一听不对，说，现场的种种迹象表明，一定不是赵光杀的。赵光也没理由杀他老婆啊。而且，昨晚赵光不是和你一起喝醉了酒睡在这儿的吗？

他却只看着赵光说，昨晚邀我来喝酒，是你有意安排的，对吗？

他又说，如果我没猜错，你身上的香水味不是你老婆身上的，更不是你的，对吗？

他还说，我记得你半夜出去过，一个多小时，对吗？

赵光的面色慢慢由红转为煞白。

他的最后那句话，瞬间就让赵光瘫倒。赵光蹲在地上，满是绝望地抱住自己的头，说，我根本没想过要杀她啊，我只想让她答应和我离婚啊，我，我也不知道我的手为什么突然间拿了那把刀……

赵光被带走了，他静静地坐着。

突然，他把一瓶瓶还没打开的酒往地上摔。

酒逢知己千杯少。

知己都没了。留着酒又有何用？

他摔着酒，更摔出自己满脸的泪水。

第二辑

情感实录

◀ 外孙儿子

女儿生了个外孙。老李高兴，老伴也高兴。高兴完了，事儿也来了。女婿是外地人，家不在上海，父母亲年老，身体也不是太好，不可能过来。女儿女婿是住另一个地方的。女儿休完产假，要回单位上班了，照顾外孙的重任，就顺理成章地落在了老李老两口身上。

外孙小，还在吃奶的阶段，女儿不在身边，就只有给他喝奶粉。晚上，外孙和老两口一起睡，老李睡一边，老伴睡另一边，外孙睡他们俩中间。深更半夜，孩子的一声啼哭，老李睡眼惺忪地就从床上爬起，摸着黑去开灯，抖抖擞擞地去冲奶粉。奶粉喝完，孩子睡着了。老李迷迷糊糊地，就睡不着了。好不容易老李快要进入梦乡了，又是孩子的一声啼哭。这次是老伴爬了起来，折腾了几下，说，是尿布湿了。老李被吵醒后，就再也睡不着了。

白天时，家里也忙。老伴要洗衣服，要上菜市场，要整理房间，打扫卫生。老李就侍弄外孙，逗外孙玩，逗外孙笑，带外孙出去晒太阳。在小区里抱着外孙到处跑的老李，碰到了一同退休的老王。老王手里拎着一个鸟笼，吹着口哨，边走着路，边逗着笼子里的鸟儿玩，一副怡然自得的表情。看到了老李和他怀里的小外孙，老王开着玩笑，说，老李，是儿子还是外孙啊？老李也乐了，说，也不知道是儿子还是外孙了，反正我这回啊，是又当了一回爹。呵呵乐着，老王摇着头晃着脑，很潇洒地离去。老李可没那么安稳，外孙又不知道是哪里不舒服，一嘴一撅，又哭了。

看着别的老头老太退休后的颐养天年，说老李和老伴心头没一点怨言是不可能的。老李爱下棋，以前在单位就是有名的棋迷，在棋盘前能坐一天不挪窝。但那个时候，要上班，要养家，哪有那么多时间让你去耍棋啊。老婆爱跳舞，在厂里也是出了名的，只要是有跳舞活动，老婆一定会去参加。原本早就说好了，一退休，老婆就加入小区的老年舞蹈队。现在不成了，老婆只有眼巴巴地看着别人在跳。一想到这，老李叹气，老婆也叹气。

女儿女婿工作忙，很少来看外孙。最多就是每周放假，来一次看看。有时轮到加班，干脆就不来了。小外孙，像是全托给了老李老两口。老李有时忍不住，就嘀咕着给女儿打电话，说，你不回来看看你儿子啊？女儿说，爸，您知道，我太忙了，我，我实在脱不开身啊。实在生气时，老李会说，那你是不是就不要儿子了啊？不过，老李说这些气话的时候，老婆一般都在旁边，然后抢过话筒，说，没事，没事，你爸犯浑呢，别理他！

外孙上托儿所了，上的还是老李家附近的学校。每天早晚，或是老李，或是老婆，负责外孙的接送。女儿女婿还是忙，忙，忙！女儿跑过来，说，爸，你就帮我照顾下吧。老李说，那要照顾到什么时候是个头呢？女儿就不说话了。女儿也是一脸的无奈，老李心一软，说，好吧，要不我们先帮你照看着吧。

这一上，就上到了幼儿园结束。那几年，老李和老伴真的像是又养了个儿子，一把鼻涕一把屎地把外孙给拉扯着。眼瞅着快要上一年级了，女儿来了，女婿也来了。瞅瞅老李，又瞅瞅老李老伴。女儿叫了声爸，又叫了声妈，说，我想把女儿给接我们那上小学，小学很关键……老李和老伴点点头，有些如释重负。这几年，老李明显是觉得气力不够用了，真的是老了吧。老李还想着，趁着手脚还能动弹，正好可以下几盘棋。老李说，这样好……老李还没说下去呢，就看到女儿似还有些欲言又止。老李说，还有什么问题吗？女儿说，爸，妈，我想请你俩跟我们一起住，我想好了，把你们这儿的房卖掉，把我们住的房卖掉，钱凑起来换一套大的，你们也好给我们烧烧饭，照顾下孩子……我，老李脑子里嗡了一下，这回，他真的是不知道该说什么了。

外孙是由老伴抱出来的，老两口把孩子宠得很，七八岁的孩子，还整天缠着要抱。外孙看见女儿女婿，似是在看陌生人，竟是一脸惊慌的表情。老李上前，指着女儿女婿教外孙念，爸爸，妈妈。女儿张开了手，想要去抱外孙。谁料，外孙竟拼命地躲，最后竟躲进老李的怀里哇哇大哭起来。外孙的哭声，也催出了老李和老伴满脸的泪。

◀ 年关已近

爸说，儿，要过年了，你回吗？

我犹豫了下，说，爸，我看看吧。

爸叹了口气，就挂了电话。

我摸着手机，能感觉出电话那端，父亲脸上的失望。

我也想过回，可又怎么回呢，这一年来，在这个城市四处漂泊，找过几份工作，都没干太久，身上的钱，有了又没了。现在，没钱。连路费都是个问题。我趴在出租屋脏乱的床上，一筹莫展。

眼下，最紧要的，就是要找一点钱。找一份工，基本是不可能的，都大过年了，又有哪个公司愿意招人呢。

我出了门。

马路上人来人往，到处都洋溢着过年的气息，那些店铺的门口，要么是张灯结彩，要么就是红纸高挂，让人有种暖融融的感觉。

我的心头，却泛着一丝寒意。

我饿了。我摸着口袋里仅有的几张纸币，有些伤感，更有些惆怅。花完了这些钱，如果我还找不到工作，那就意味着要挨饿了。挨饿是很痛苦的事儿。我曾经一度很喜欢喝可乐，三块钱一瓶的可乐。我想过天天喝，但我喝不了。这样喝对我太奢侈了。

路的一侧，有个年轻男人拥着个漂亮女人，从一辆跑车中钻了出来，男人和女人说着似乎很暧昧的话语，做些很亲密的动作。间或，男人很放肆地笑着，把女人搂得更紧了。

那个年轻男人，差不多是和我一样的年纪吧，他有的，我没有。我没有的，他都有。我的心头突然莫名地有了些恼意，在慨叹着世事不公的同时，我的步子，莫名地紧跟住了他们。

男人和女人，是进了一个商场。商场里的人，很多。也许是过年的缘故吧，比平时要热闹许多。女人似乎是看中了一款化妆品，在那里徘徊着不动，男人凑了上去，也饶有兴致地看了眼。女人说，我喜欢这个，我们买吧？男人说，行，那就买吧。男人从口袋里掏啊掏，掏出了一张金色银行卡，对着女营业员说，小姐，我买了。女营业员微笑地点着头，说，请随我去结账吧。

买完化妆品，在一个卖皮衣的服装柜台前，男人女人又停了下来。女人对门口的一件大衣来了兴趣，大衣不便宜，要五位数。我远远看着，感觉贵，还不是一般的贵啊。这些钱，我赚一年恐怕都赚不到。女人还没说话呢，男人就笑了，说，是不是喜欢？女人点点头，说，是。男人说，那我们就买，凡是你喜欢的我们都买。男人一招手，一旁的营业员就过来了。男人指了指那件衣服，说，我买了。顺手，男人掏出了那张金光闪闪的信用卡。

男人女人一路走着，分别在一个个柜台前停下来，又离开。原本他们空空如也的手上，多了一二三四五袋的包装袋。男人女人的两只手上，几乎已经没有了多余的空档了。

也就是在那个时候，我慢慢走了上去。

我想到了电视里看到的那些侠盗，为什么这个世上许多人会很穷，穷到无法想象，每天不知疲惫地干活赚钱，却还是赚不到多少钱呢。而另一些人，他们不需要怎么干活，甚至可以不干活，却可以有大把的钱任他们去挥霍。

　　我已经走近了他们，我知道男人的钱包，是在他裤子的右口袋里。男人的钱包里，除了好几张的信用卡，还有厚厚一沓的现金。

　　我准备伸出去的手，突然被另一只手给按住了。是一个男人的手，很有力，男人有 40 多岁，脸上满带着沧桑。

　　男人轻声对我耳语，小伙子，我们去聊聊吧。

　　我脑子里顿时懵了一下，无疑，我是被发现了。我想过逃跑。但男人很有自信的眼神，让我丧失了所有逃跑的信心。

　　我被男人带进了一间监控室，男人是这里的老板，在那里，有许多大厦摄像头拍出的画面。从画面中，我看到了我自己，一个多小时的时间，我一直在跟随着男人女人。

　　我低下了头。

　　男人反而笑了，说，小伙子，其实，不是非要干这个的。

　　男人还说，或者，你可以留在这里，做商场的保安，如果你还没找到合适工作的话。

　　我愣了愣，有些不明白地看着男人。我不信天上真能掉下馅饼，也不相信因祸得福。

　　男人想起了什么，从身上掏出了一个本本。

　　是本刑满释放证，翻开释放证，是比男人年轻的照片。

　　我看向男人，男人的眼中带着浓浓的暖意。

◀ 走走停停

张衡就像是一个钟表，每天的生活都很有规律。

一早 6 点半，闹钟准时响起，张衡会在床上稍许打盹五六分钟，起床，上卫生间，刷牙，洗脸。7 点时，一手夹着个包，一手打着领带，匆匆地走路。到坐车的公交车站，会经过一家卖早点的摊位，那个时候，张衡的领带已经打完，那只原来打领带的手，换作拿那热乎乎，还冒着热气的馒头、豆浆。

公交车徐徐开来，张衡的一天就这样开始了。

张衡不明白，是不是这个城市太过于拥挤的缘故。这公交车开车的速度是越来越慢了，没走几步路呢，又给停了下来。一会，公交车再次开动，还是这样子的摇摇晃晃几步路，又给停了下来。张衡等得有些不及了，就站起身来看。就看到公交车的那面大挡风玻璃前，一辆辆一排排的大小汽车，像列队一样整齐地排在那里，似乎是看不到头了。

现在的每一天，车子都是这样堵着。

在张衡堵车被堵得闹心的时候，腰间的手机有时会响起，唱着"猪八戒找媳妇"的歌，车上的乘客就都会朝着张衡的这个方向看。然后，张衡的脸就微微地有点红。张衡接起电话，又是母亲打来的。母亲知道张衡上班忙，就总找他坐车的时间打来。张衡说，妈，有什么事吗？母亲说，张衡，你在城里过得好吗？张衡说，好。母亲说，你身体好吗？张衡说，好。母亲说，那就好，如果过得不开心就回来吧。张衡就皱了下眉，说，妈，你烦不烦哪，我知道了。电话就挂了。母亲每次打电话来，都是问这么几句话，张衡听得老茧都出来了。确实，张衡在这个远离家乡的城市并不是很好，但他从没想过要回老家。张衡一想起老家的破落他就难受，他无数次地做梦都想着在这个城市站住脚跟。

每一天的公交车，依然是这样的走走停停。

张衡坐在被堵得严严实实地公交车上，心里莫名地有些惆怅。想着念着，看着手表在一分一秒地过去，巴望着车子能快点开动，快一点，再快一点。不然就要迟到了。电话再一次地响起，唱着"猪八戒找媳妇"的歌，车上的乘客又朝着张衡的这个方向看。然后，张衡的脸又微微地有点红。张衡接起电话，还是母亲。张衡说，妈，有什么事吗？母亲说，张衡，你在城里过得好吗？张衡说，好。母亲说，你身体好吗？张衡说，好。母亲说，那就好，如果过得不开心就回来吧。张衡又皱了下眉，说，妈，你怎么老是这么几句啊，你不能换点话儿说吗？因为是要迟到了，张衡的心情不是很好，没来由地和母亲说了那么几句。母亲忽然就不说话了，电话挂了。张衡愣在那里，是不是这些话说得太重了？正想着，公交车摇摇摆摆地又开动起来，张衡顿时就兴奋起来，一兴奋，就把刚才的事儿都给忘得一干二净。

那一天，张衡坐在办公室里，突然想起，好像母亲有一段日子没给自己打电话了。该有大半个月了吧，以前至少三天，电话总是会来的。内线电话又响了，每天，这个电话总是不停地不厌其烦地响着。张衡接起电话，是经理严厉的声音，说，张衡，你是怎么搞的，那份计划书，你到底什么时候给我啊！张衡一愣，想，昨晚忙到八九点，刚把你要的资料给整理出来，哪来得及做啊。但张衡不能说什么，打工嘛，就是这样子。张衡诺诺着，只好说，经理，我在做呢，我会尽快给您的……

挂了电话，张衡很努力地做着。腰间的手机唱着"猪八戒找媳妇"的歌，又响了起来。张衡一看，是家里的电话，莫名地有些兴奋。一接电话，竟是父亲的声音，张衡隐隐有种不祥的预感。除非有什么大事，父亲是从来不给他打电话的。父亲说，张衡，你妈快不行了，在咱县医院，你赶紧回来吧！短短的几个字，张衡就觉得自己的心快要塌了！

说着话儿，经理忽然板着脸儿进来了，说，你说你来不及，原来是打电话来不及啊。张衡挂了电话，忽然朝经理一瞪眼，脸上淌着泪大吼一声，老子不干了！说着话，张衡一把推开了挡在门口的经理，疯了样地跑了出去。

◀ 少年心事

从那位新调来的年轻女老师刚走进教室那一刻起，少年就不由自主对女老师有了关注。

那一年，少年14岁，正念初二。

女老师像是从电视上下来的一样，漂亮、动人，就连声音也是柔柔的，如一阵春风般轻轻拂过少年还不成熟的心田，并且荡起丝丝的涟漪。

女老师教的是语文。语文一直以来都是少年最乏味的课程，少年总是在上课的时候翻着那些武侠小说来打发时间。

而现在不同了，少年觉得女老师本身就吸引着他，继而她教的语文也就充满了诱惑力。少年开始认真地看起语文书来，按着女老师的要求，翻着一页一页，默念着那原本枯燥的文言文。

就在那个晚上，少年做了个梦，梦见女老师轻唤着他的名字，向他走来，并且告诉他，要好好学习。

然后就有一天，女老师上完课走出教室时，少年在走廊里悄悄对老师说了句，老师，我喜欢你。然后不等女老师反应过来，少年红着脸匆匆离开。

再见到女老师时，少年明显有了羞涩，不敢直视女老师，甚至在女老师上课走过少年身边时，少年都会不自觉地低下头。

可少年的语文成绩却在不知不觉间有了突飞猛进。谁也无法想到，以前语文成绩总要拉班级后腿的少年，居然一下子步入前十之列。这里面的缘由，换谁也无法想象。

之后的班委会上，女老师还做了个让人意外的决定，由少年担任本班的语文课代表。这个决定令少年惊讶不已。

随着少年被任命为语文课代表，少年的语文成绩又有了显著的提高，不仅每次测验都能牢牢占据全班第一。少年的作文《一个孩子的梦想》还在全县的语文竞赛中评为二等奖。这让人不得不赞叹，这孩子，是不是吃了什么聪明药呢？

看到孩子能有这样的成绩，女老师觉得很欣慰。

可欣慰之余，女老师忽然就有了隐忧。

那一天，女老师无意中拉开她那个带锁的抽屉，就看到抽屉里静静地躺着一封信，信是通过抽屉的缝隙被塞进来的。

信是少年写的。

那封信，充分包含了少年充沛的情感，看得女老师也是目瞪口呆。轻轻合上信，女老师甚至在想，自己之前的引导算不算是个错误呢？

悄悄地，女老师忽然就做了个决定。

于是，在那一天的下午，女老师叫来了少年。

女老师指着那封信问少年，知道什么叫爱情吗？

少年异常坚定地点了点头，说知道。

那爱情又是什么呢？女老师继续问少年。

爱情就是付出。少年又说。

女老师呵呵笑了，那你能答应我考上县高中吗？并且在考取县高中之前，不能别的任何想法。

少年想了想，更坚定地点头，说，可以。

之后的少年，果然就像是吃了定心丸一样，一门心思地上课，学习。成绩也是扶摇直上，稳稳占据着年级组前列。

偶尔，少年也会专注地去盯着女老师的背影看，但少年不敢正面去看女老师，少年很看重承诺那两个字。

一年后的夏天，少年以优异的成绩考入了县高中。

少年拿到录取通知书那天，一个人来到了县城想放松一下自己。无巧不巧地居然在大街上看到了女老师，让少年感到沮丧的是，女老师居然是和一个男人很亲密地站在一起。

少年的心不觉就隐隐有了恨。少年悄悄地尾随着女老师他们，少年很想问个究竟。

走了很长一段路。

在那一条长长的空巷子里，少年不期然地听到了女老师和那个男人的对话。

男人问女老师，怎么样？现在可以把婚礼办了吧？为了你那学生，拖了我们一年半的婚期，你觉得值得吗？

女老师微笑着，说，当然值得啊。至少我没有让一个可塑之才在我的手中陨落，那又有什么不值得的呢？

少年突然就想起来了，那一年半之前，女老师要求自己努力考县高中的那一番话。

少年那攥紧的手，不自觉地松了。

那一个晚上，少年又做了个梦，梦见自己长大了，遇见了一个比女老师更漂亮、更动人的一个女孩，最后，少年还娶了那个女孩……

醒来后的少年忽然想，自己是不是该好好祝福下女老师呢！

◀ 我们的约定

读高中的时候，我交过一个笔友。当然，是个女孩。

因为我是男的，我交的笔友当然要是个女孩。俩男之间互交笔友，聊来聊去，也是没多大意思的。

我是在一本杂志上翻到她的交友信息的。那时，正是我生活最颓废的时间，因为中考发挥失常，我勉强考进了一所普通高中。我原本是不愿意去的。按我的成绩，本不该上这样的一个学校，我应该上的是重点高中。

而女孩的学校，是这个城市最响当当的一个市级重点中学。以我而言，其实是该仰视才是。我完全是怀着忐忑的心情寄了一封信过去。我不敢奢望她能给我回信。她在杂志上登了信息，估计能收到很多来信。她不可能一一回复的，她会选择性地回复一些。而我，应该不在她回复的信件之列。

有时候生活中还是有些意外的。一个星期后，我收到了她的来信。我看到了信封上留着的她的地址，我迫不及待地拆开她的信。

她的字好秀气啊。我想，她一定是个品学兼优的女孩。在信中，女孩鼓励我不要气馁，一次小小的意外并不能代表什么，重要的是不能放弃。

收到信的当天，我就给她做了回复。我再三感谢女孩对我的回复和鼓励，但我也坦言，在这个师资力量薄弱，就连老师都缺少进取心的普通高中，我即便是想努力，也是枉然的。

一周后，女孩又给我回了信，女孩说，其实学习的关键还在于你自己，不能因为别人的放弃而放弃了自己。女孩还说，你不是一直遗憾没考上重点高中吗？其实上重点高中的目标是什么，同样也就是考一个最好的大学。

一语点醒梦中人。我猛然醒悟过来。

于是，我很快振作起来。我还和女孩约定，将来的某一天，我们一起考入这个城市最有名的大学。

这个约定就如同是一个启明灯，照亮了我前行的道路。

为了这个约定，我付出了所有的努力。有时，在空闲的时间，我常会想象女孩的面容，清秀、可人、温暖，我甚至在一次写信时希望能收到女孩的照片。

女孩却在回信中告诉我，让我们彼此留着这个悬念，好好地等待这个美好吧。等你我一起考上这个学校，我们就能经常见面了。

收到女孩的回信的那一刻，我不免有些失落。但同样我也明白，女孩是对的。多一份等待的期盼，其实也是一种最好的激励啊。

在收到这个城市最有名的大学录取通知书那天，我立刻把这个消息告诉了女孩。在信中，我再三要求要和女孩见面。我在极度难熬中等待了三天。我实在等不下去了。

我悄然跑去了女孩的学校。我从城市的一端到了城市的另一端。这需要近三个小时的车程。到了学校，我一路辗转问了许多人，终于找到了女孩在学校的寝室，可女孩寝室的室友告诉我，女孩去城市的另一个地方的学校看望她的一个朋友了。听到这个消息，我傻眼了。女孩不会是去看我吧。

当我急急忙忙赶回学校时，同学告诉我，你丫的今天跑哪去了，一女孩等了你半天。我问女孩呢？同学耸耸肩，早走了。

几天后女孩的来信证明了她曾来过，也知道我去过她的学校。女孩说，咱俩真是一对傻瓜。女孩还告诉我，她也考上了那所大学。让我们相约在那所大学见面吧。

读着女孩的来信，我轻轻笑着，在脑海中，不断回想着女孩的面容。

我等待着进入那个学校的那天。

我忽然在想，如果没有当初和女孩的约定，我还能考上那所大学吗？

谁又能说，这样的等待，不是一种美好呢。

◀ 当你孤单你会想起谁

　　一个假日的午后，我看完了一个电视，跑到电脑前时，QQ在显示，有一个陌生人要加我，我粗略看了下那个人的个人资料。依照以往的我的习惯，我会直接给拒绝了。我不是一个习惯和陌生网友交往的人。当然，我更怕是朋友的恶作剧，注册一个QQ，加了我，很无聊地和我说些什么。

　　不知怎么地，这次，我想了想，居然加她做了好友。我不知道这是什么原因，我为什么会加她。也许是在我的内心深处，对于陌生网友也并不排斥吧。

　　她问的第一句话，就是，上海的天气好吗？

　　我看了看窗外，灰蒙蒙的天，有点阴沉，我给她做了回复，快要下雨了吧。

　　她说，谢谢你。

　　后来她就没了下文。

　　我以为她又是我的哪个朋友做的恶作剧。我就想逗逗她。

　　于是，我又问，你认识我？

她说，不认识。

我问，那你是怎么想到加我的呢？

她说，乱加的。

我问，有什么原因呢？

她说，因为你是上海的。

我说，我不明白。

她说，其实，我只是想知道一下上海的天气。

我说，你若想知道这里的天气，上网搜索一下，不就全都有了吗？

她说，不，我不喜欢搜索，我只是想知道此时此刻的天气状况。

我想了想，有些明白了，我说，是你有朋友在上海吗？男朋友？

她说，你真聪明。

我说，一个女孩一个劲地打听一个城市的天气，如果不是因为那里有她牵挂的人，她又何必去打听呢？

她说，可惜。他已经不是我的男朋友了，他是我的前男友，我的初恋。

我说，他不爱你吗？

她说，他曾经因为爱我，一并都想过和家里断绝关系。

我说，那你不爱她吗？文字发出去，我不由自己笑了，女孩如果不爱他，又怎么会去想他呢。我忙发过去一个尴尬的表情。

她似乎看出了我的尴尬，她说，没事。

我有些不明白了，我说，既然你们如此的相爱，为什么又要分开呢？

她说，你应该明白的，爱是一回事，能不能在一起又是另外一回事。

我说，那你们彼此之间还有来往吗？

她发来个苦笑的表情，说，早就不来往了，有三年多了吧，没有他的一点音信。

她说，其实有一次，我出差，是在上海转的机。下了飞机时，我就能闻到他在这座城市的气息。原本我是可以逗留一天的，但我后来还是没有留下来。

我说，那不是很可惜吗？

她说，没什么可惜的。

她说，还有一次，是一个同学聚会。毕业好几年了，好不容易的一次碰面。我原本是准备去的。可听说他也会来，我还是没去。听说他已经结婚了，彼此再面对，会不会是很尴尬呢。

其实，我是很想问她，他们到底是因为什么而分的手。但这无疑会加深她的伤楚，剥开她曾经因为分手时无限悲痛的伤疤。

我还没来得及回，她倒自顾自地又打来一段文字，她说，曾经以为我们会永远在一起，拥有一个幸福而美满的家，我们为此做着不懈的努力。但在现实面前，又不得不去低下了我们高昂的头颅。那些说好要在一起的山盟海誓，真的如同是过眼云烟一般。

她还说，其实已经有很长时间不再想他了，但总是在我一个人独处孤单的时候，就会不由自主地想他。我并不想知道他现在过得怎样幸福。我只想知道，他那里的天气会是如何。

坐在电脑前，我看着她打来的这段文字，我在那里看了好久，也坐了好久。

　　我忽然在想，我要不要也去打听一下某一个城市的天气呢？听说，那里最近是要起风了。

◀ 父亲与车

父亲和车打了一辈子的交道。

最早时是开拖拉机，开出了我们那里第一栋楼房；后来开吊车，开出了我这么些年读书的学费；再后来开汽车，父亲为我开出了一笔厚厚的积蓄。

父亲那时总爱说一句话，好人一定会有好报。在父亲长长的人生开车旅程中，这句话起了关键性的作用。

这无疑源于两次意外，两次死里逃生的经历。

一次是父亲开吊车时，父亲驾驶了一台巨型大吊车在吊着一个集装箱时，吊车的操作器突然失了灵，而此刻集装箱下正站着一位指挥的工人。如果此时吊车突然改变高度，集装箱随时会砸向那名工人。那后果是无法想象的。这一刻，父亲的脑子里早就如同一团糨糊般，没有了任何的方向。父亲额头的冷汗不停地往外冒。直到父亲稍稍有些恢复过神，再去按那操作器时，居然可以动了。

从吊车上下来时，父亲顿时就瘫软在地，是被吓了。

还有一次，是在父亲开汽车时，父亲一早去给人装货，天还没有大亮，车开到一个桥头，父亲突然觉得车子震动了一下，开始也没多想，父亲又开了几米，感觉震动越来越厉害了，父亲忙停下车。刚停下，车子就开始有些倾斜了。父亲透过有些亮的天一看，天哪，怎么少了一个车轮啊。忙去找，就发现那个车轮居然在百米多远的树边静静躺着。无法想象，四个轮子的车少了一个轮子居然还能开出那么远而没出事。

有了这两次意外，父亲对这句话深信不疑。

每次家里有拜祖宗，或是别的什么祭祀活动，父亲总是非常虔诚地叩拜，感谢祖宗的保佑，让他免于灾祸。对此，我常嗤之以鼻，甚至是不屑一顾的。

父亲常说，我是他这辈子最大的遗憾。

父亲忙着赚钱，疏忽了对我的教育的最佳时间，等到父亲想起要教育我的时候，我的翅膀早就硬了。往往父亲的一句话刚开一个头，我就朝父亲冷笑着，然后头也不回地夺门而去。父亲只能远远地听着我渐渐由响到静的脚步声音。

我从来不信奉什么好人一定有好报。我只知道今朝有酒今朝醉。

我勉强拿到了我的初中毕业证，老师在我的档案里是这么给我写的评语，该生桀骜不驯，踏入社会需冷静。我把老师写的评语狠狠地摔在他的头上，并把拳头在他眼前挥舞了几下，在他目瞪口呆中我夺门而去。

我没有去找工作，没人能管住我，我是流氓我怕谁。

我很快就成了一伙混混的老大，吃喝嫖赌，很快就成了我的强项。偶尔，我没钱时，会问父亲要，但更多的时候，我问别人要，那些路上行走的人，都应该给我钱。我在保护着他们，收他们点保护费，也是应该的。

没人能管住我。

即便我因敲诈进了局子，可没几天我又出来了。又不是啥大事，没理由一直关着我。

有个兄弟建议我，要干就干大的，小米小虾的没多大意思。

说干就干，我带兄弟们离开了小镇，开始往大地方闯。大地方原本就有混的人，哪有地盘给我。当矛盾激化到越来越重时，两伙人就围在一起想说个明白。有个大胡子居然指着我骂我乡巴佬，我想都没想就用脚踹了他。这一踹，一场群殴就被点燃了。

我只顾着用拳打一个混混，没顾上身后阴冷地一把暗刀。在我被那刀的光亮照到时，我知道我完了，我想躲，但躲不开。我的眼前，到处都是冰冷的刀光。

我听到了一声惨叫，然后我看见一个人倒在了地上，那刀已经划破了那个人的腿。那个人顿时就满腿的血，整个人倒在了血泊中。

我还站着。那个人居然不是我。

但我身上都是血。是那个人的血。

那一刻，我大喊着，他妈的，还不快去叫救护车啊！

有人打了电话。救护车来了。载着那个人走了。

我也很快被接走了，是警车。这场群殴造成太多人的流血。

再看到那个人时，是他来看我。

那个人就是父亲，父亲原本想救我，可父亲的手拿不住那把刀，然后父亲还想用身体来挡住刀，拿刀了人犹豫了一下，那刀就划向了父亲的腿。

父亲是坐着轮椅来看我的。父亲的左腿已经废了。

而我，此刻正坐在铁窗内，通过探视间的电话，隔着一窗透明的玻璃，我看着父亲，我本来想问他还能开车吗，想了想，我还是没问。

父亲说，儿子，告诉你一句话。

我点头，说，父亲，您说。

父亲说，出来混，有一天，总要还的。

◀ 你是一个兵

兵从小就有一个梦想，有一天能穿上那身橄榄绿，成为一名英姿飒爽的兵。

最初的梦想，源于高中时代的一个故事。那天，兵和班上的校花一起去外面买东西。买完东西从商店出来时，却被一个男人抢了去，兵去夺，却愣是被狠狠甩了一跤。正在这紧张的时刻，突然横地里冲出来一个英俊而又威武的青年男子，三两下就把那个男人打得趴下，然后拿过男人手里的东西，递给兵和校花。校花眨着满是崇拜的眼神，问青年男子："你是一个兵吧？！"青年男子笑了，笑着走开了。

青年男子走开了，可校花的眼睛却始终没有转开。校花还满是自豪地告诉兵，知道吗？我最喜欢当兵的人了。兵从校花的眼睛中读出了一种期盼，发自内心的期盼。兵暗恋校花有些日子了。可生性腼腆的兵注定开不了那个口。但从这一刻起，兵告诉自己，将来，一定要做一个兵，一个真正的兵。

接下去来临的高考，兵和校花都落榜了。落榜就意味着要去找工作。兵却不想找。兵想去参军，不顾家里的再三反对，兵还是执意去了。去之前，兵还经常去找校花，校花似乎比兵忙。忙着找工作。兵几次去找她，都没找到人。

兵很快就通过了一系列体检和政审程序。兵将正式成为一名兵了。

临走前，兵找到了校花。那句藏在心底很久很久的话，兵终于说了出来。兵还告诉校花，为了你，我才去做的兵。我愿守护你，保护你，为你做一辈子的兵。校花顿时感动地落泪。校花握住兵的手，说，我等你回来。兵笑了。兵是乐呵呵地离开的。尽管心里万般不舍，但想到能成为校花梦想中的那一个兵，兵还是非常高兴的。

兵是在遥远的西藏边境服役的。边境很苦。训练更苦。但兵挺住了。兵告诉自己，一定要做个合格的兵。空的时候，兵就给校花写信，和校花说那些滚烫的字眼。兵也经常能收到校花寄来的信。收到校花来信的每一天，兵都觉得像是过节一样。

可有一天，兵忽然发现校花好久没来信了。兵想，是不是送信员漏送了。每天，兵一看到送信员来，都瞪着一双大眼，忙不迭地去问，有我的信吗？可每一次，兵问到的都是失望。

兵急了。兵给校花连着寄了几封信。信寄出去后，却像石沉大海般，一下子就杳无音信。

家里的来信解开了兵的疑虑。校花结婚了。校花结婚的对象是乡长的傻儿子。那个傻子，一说话就直流口水，还会不断的胡言乱语。校花父亲得了重病。校花家里没钱，乡长家里有钱。校花含泪就嫁了乡长儿子。捧着信，兵已不是自己了。兵轰然觉得整个世界顷刻间就崩溃了，自己就像一片浮云般，在天空漫无目地地飘啊飘……兵没有哭。兵的心已如一潭死水。

三年兵役很快就满了。兵没有转志愿兵。兵回了家乡。兵很随便地找了份工作。兵觉得一切都是可有可无的，没什么所谓。兵几乎已忘了自己当过兵。兵只觉得一切都可以随风而去，就像那些承诺。

一天下班，兵路过一个偏僻的街角，就看到几个混混样的人正围着一个女孩在动手动脚，而女孩旁边的男孩，早吓得全身颤抖着。兵想都没想，就冲了过去。兵怒吼一声，放开她！几个混混放开了女孩，朝兵扑来。兵三下五除二就打倒了他们。混混们很快就狼狈而逃。兵看女孩没事了，也要走。满脸挂满泪痕的女孩突然站起身，拦住兵说，谢谢你，大哥。

兵笑笑，倒显得有些不好意思。女孩忽然问兵，用满是崇拜的眼神问，你是一个兵吧！

兵愣了愣，一直未流过的泪，突然一下子像潮水般肆意狂涌。

◀ 也许本能

　　那天，是女儿5岁的例行体检。以前都是女人带着去的，临时有事，就由男人代劳了。检测出的血型报告，不经意地一瞅，男人不由愣住了。他从来对这些都不关注的。但男人知道，以他和女人的血型匹配，是不该出现女儿这样的血型的。

　　难道？男人的脑子里顿时沉了一下，有些难以理解，或者说是难以接受。体检完的女儿站在一旁，问，爸爸，你怎么了？男人摇摇头，装作若无其事状，说，没事，没事。

　　回了家。男人便留了神。留神观察女人的一言一行。并且，男人还暗暗去调查，当然，男人做这一切都是神不知鬼不觉的。果不其然，男人发现，女人在和他刚结婚时，确实是和另一个男人来往过。并且，他俩还偷偷出去过好几次。这一切都证明了他的猜测，是完全准确的。

　　以前，在家里，男人看女儿，都是满心欢喜。现在男人越看，心里就越觉得堵得慌。女儿小，哪懂这些啊，还是很亲近男人，像以前一样张开了手，喊着，爸爸，抱！他装作没听见。女儿可

第二辑　情感实录

不罢休，还在喊，爸爸，抱！抱！男人就恼了，真的是恼了，心头憋了好长时间的气，就撒了出来。男人狠狠地瞪视了女儿一眼，说，吵什么吵！再吵揍你！男人的声音很大，近乎咆哮。女儿在他的咆哮声中大哭。女人跑来，说，你闹什么闹，怎么可以对孩子这样！男人懒得和女人说话，摇摇头，走了。

很长一段时间，男人都觉得女儿就是颗定时炸弹，随时会爆炸一般。他真的是越看到女儿，心头越不是个滋味。有一天，男人忽然在想，是不是也该有个了结了？

那个晚上，吃过晚饭，女人在洗着碗，男人逗着女儿，说，我带你出去玩吧？女儿点点头。男人和女人说了声，就带着女儿下了楼。

楼下的马路，是一条商业街，人来人往，车来车往。还是下班的高峰时间，车站旁，一辆公交车停下来，下来一些人，车子开走了。又一辆公交车停下来……

昏暗的路灯下，男人就站在那里不远处的商铺前。女儿在他身旁。女儿顽皮，正一个人围着他在打转，嘴里念念有词着，在吟唱着幼儿园里学到的儿歌。一曲唱完，女儿说，爸爸，你看我唱得好听吗？男人看着女儿，竟不知道该怎么回答。男人蹲下身，拍拍女儿的肩，说，我们玩个捉迷藏吧，好吗？女儿说，好啊，好啊。孩子的天性，就是爱玩，巴不得天天玩呢。

然后，男人说，我先藏。男人让女儿先蒙上了自己的眼睛，然后再去找他。女儿很听话，真的蒙上了。男人就躲了起来，躲进了一家店铺。一会儿，男人远远地看见，女儿松开了蒙住眼睛的手，满脸焦急地找起他来。当然，男人不出去，女儿根本是找不到他的。找了会，女儿哭了，哭哭啼啼地居然是往马路那边走。这原本是在他的意料之中的。但男人的心，分明就被揪了起来。

再然后，女儿已经是靠近了马路的边上，男人远远地看到，有好几辆车，正朝着女儿的方向驶去。不知道是怎么回事，反正完全不在他的计划之内的。也许是一种本能吧，男人竟冲了出去，在女儿的脚，即将踏上马路的那一刻，一伸手把她给拉了回来。男人摔倒在一旁的水泥地上，女儿则稳稳地躺在他怀里。女儿一脸泪水地笑着，说，爸爸，我终于找到你了。在男人拉住女儿的那条马路上，一辆车已经急速地驶过。

男人的脸上，突然就有了泪。女儿说，爸爸，你怎么了？是不是被我找到了，所以就哭了。男人笑了，又哭了，流着泪，点着头，却什么也没说，只紧紧地抱住女儿。

◀ 七 月

　　七月。她失恋了。她就像个怨妇一般，班也不想上了，整天躲在家里。老板打来电话，说江海燕你还想不想干了？她摔了电话，不上就不上，我辞职！她因此而丢了工作。

　　七月。她突然想去看看他，那个让她失恋的男人。她去了他公司的门口，正好撞见他和一个女孩亲密地从公司里走出来。那个女孩她认识，她和她恋爱时，就整天像只花蝴蝶飘在他们面前花枝招展着。她隐约有些明白，他为什么要向她提出分手了。也不知是从哪儿来的勇气，她竟然冲了上去，指着他和那个女孩骂，一对狗男女，她还骂那个女孩狐狸精。当即四周就涌来了许多围观的人。他涨红了脸，气急败坏，江海燕，你疯了？！她哈哈一笑，扬长而去。

　　七月。她的朋友们都躲着她，害怕接她的电话。她每每打电话过去，都是抱怨她失恋的事儿，说他的狼心狗肺、见异思迁。一聊就是个把小时，翻来覆去，总是那么几句。找不到别人倾诉，她就坐在家里哭，又或是笑，哭哭笑笑，笑笑哭哭。

七月。她接到了老家打来的电话，母亲出车祸了，命在旦夕。放下电话，她匆匆忙忙地赶到了老家的医院。母亲躺在病床上，握住她的手，说对不起她和她的父亲。母亲在二十年前，因为她的父亲常年在外地打工，做过一个错事儿，在外面和别的男人生下过一个女儿。就是她的妹妹。她的妹妹脑子有点问题，傻乎乎的。母亲一直怕她的父亲知道，就把妹妹寄养在一个远房亲戚家。母亲希望在走后，她能去照顾妹妹。她本来是想拒绝的，她觉得她并没有义务照顾这个素不相识的所谓妹妹。但母亲拉着她的手不放，母亲的眼中满是祈求。这些年，母亲从没求过她什么，她有些不忍，咬了咬牙，就答应了。

　　母亲第二天就走了。母亲走得很安详，想来，是因为母亲把妹妹托付给了她，母亲就不用再为妹妹操心了。她把妹妹接到了她生活的城市，她不知道是不是血缘的关系，她一直以为自己会讨厌这个十八九岁的妹妹，但她发觉，并没有。妹妹长得和她很相像。妹妹的脑子真的是有些问题，教她叫人，叫过一次后，到第二次，妹妹又忘了。但妹妹叫她，却总是没忘，那一声暖暖的"姐姐"，莫名地让她想起，这个傻乎乎地女孩子，居然是她的妹妹。

　　妹妹还听她的话，她说一句，妹妹总是兴高采烈地去做。做完，还笑呵呵地看着她，像是在等待她下达新的任务。

　　时间长了，她就想起，该带妹妹出去走走了。但她也怕妹妹走失，再三关照妹妹，要紧跟着她，寸步不离。妹妹很听话地点着头，说，姐姐，我知道了。

　　那天，是个意外。妹妹陪她去逛街，在一家商铺门口，不知是她砍价的语气不好，还是店老板的心情不好。他们就有了争执。那个五大三粗的店老板随手拿起一根关门用的木棍就砸向她。更意外的是，妹妹居然冲到了她的前面，想为她挡那一下。虽然最终店老板的木棍并没砸下来。但那一刻，她是足够惊呆了，她紧紧抱住了那个挡在她前面的妹妹。她忽然明白，面前这个傻乎乎的女孩，真真切切是她的妹妹，她的亲妹妹。流着同样的血，打断骨头连着筋的亲妹妹。她忽然在想，就算是为了妹妹，自己是不是也该振作起来了。

于是，她很快就找了新工作，并且很努力地去干着。她觉得，她现在并不是为了一个人在上班，她要更好地照顾妹妹。

又一年的七月。她的努力有了不小的成就，她因为工作中某一个项目的成功，她引起了许多人的瞩目。她知性，又美丽，她的脸上，流露着职业女性的那种高贵和干练。

数不尽的男孩子跑来追求她，送她鲜花，送她巧克力，送上海誓山盟般的承诺。她微笑着，一概笑纳。她把他们请到家里，让他们见见她的妹妹。

七月的最后一天，她确定了她恋爱的人选，一个看不上去并不出挑，无论是事业，还是长相，都很一般的男孩。看着男孩难以置信、极为意外的表情，她却坚信着她的选择。

因为只有这个男人，在面对她的妹妹时，目光是真诚的。她相信，这个男人会和她，一起好好地照顾妹妹的。

◀ 风雨后的阳光

　　没事的时候，刘芸会去阳光孤儿院，去见见那些需要人照顾，需要人关爱的孩子。阳光，很温暖的一个名字。每每看到这个字眼，总让人觉得心底像有一丝热流，灌满全身每一个角落。

　　有一个叫聪聪的小男孩，特别招刘芸喜欢。聪聪4岁了，很懂事，每次一看到刘芸过来，远远地就会喊阿姨，并且露出一脸甜甜的微笑。一点都不像是一个被遗弃，少人照顾的孩子。刘芸把聪聪搂在怀里，问他，想不想阿姨？聪聪总是眨着他那双黑亮的大眼睛，说，当然想了，阿姨，那你想我吗？刘芸点点头，说，想！然后，刘芸和聪聪相视而看，会心地笑着。

　　有一天，刘芸去孤儿院时，看到有一个男人，在大草坪上正逗着聪聪玩。看得出来，男人和聪聪玩得挺合拍的。男人，差不多是和刘芸一样的年纪。刘芸走上前去时，可爱的聪聪早就看到了她，像往常一样，大声喊着，阿姨，阿姨。刘芸走到时，男人很绅士地伸出了手，说，你好，杨一。你就是聪聪经常提起的刘芸阿姨吧？刘芸也伸出了手，说，你好，我就是刘芸。

接着，刘芸和杨一一起带着聪聪在大草坪上奔跑，玩耍，或是做游戏。跑累了，玩疲了，聪聪还在乐呵呵地一个人转着圈儿玩。刘芸在草坪上坐了下来，杨一也坐了下来。刘芸说，你也经常来看聪聪吗？杨一点点头，说，有一段日子了吧，看起来你很喜欢聪聪。刘芸说，是。又说，难道你不喜欢聪聪吗？杨一没说话，倒是笑了。

走出孤儿院大门时，刘芸向左，杨一往右。刘芸刚要离去，杨一忽然喊住了她，说，方便留个电话吗？刘芸转过头，看了杨一一眼。杨一忙解释，没别的意思，我是想以后聪聪想你时，可以用我的电话打你的电话。很有些勉强地解释，杨一略微有些紧张的表情。刘芸倒显得很淡然，报了一串数字，是她的手机号码。

那天，刘芸在办公室里正忙着，电话就响了，一接，是杨一。杨一说，你好，是刘芸吗？刘芸说，是，您哪位？杨一说，我是杨一啊。刘芸说，哦，有事吗？杨一说，这个周六你有空吗？我想去看看聪聪。刘芸说，行啊，应该没问题吧。然后就各自挂了。

到了周六，刘芸跑到孤儿院时，杨一已经到了，正陪着聪聪在活动室里打乒乓。别看杨一看起来文文弱弱的，但和孤儿院的一位老师交手时，还真打得是虎虎有声。把那个老师打得是只有招架之力，没有还手之功。刘芸不觉看得有些愣神了。直到聪聪喊了声，阿姨。刘芸才有些觉醒过来。再看杨一时，就看到他在对着自己笑。

这天，离开孤儿院时，天已微微有些黑了。杨一说，我请你吃晚饭吧？刘芸愣了愣，想拒绝。但话到嘴边，居然变成了，好吧。

连刘芸都莫名，自己这是怎么了？本该是拒绝的啊！

也就是在这天晚上，刘芸知道了杨一还是单身，而杨一，也知道了刘芸也是一个人。谁也没说更多烦琐的话语，只是相约，下个周六，再一起去孤儿院看望聪聪。

短短的一年时间，也就是在阳光孤儿院，也就是在围绕着聪聪。4 岁的聪聪变成了 5 岁的聪聪。刘芸和杨一居然是恋上了。刘芸也不明白，这杨一身上，到底是有什么吸引了她，看起来是稀松平常的一个男人啊。

从杨一投来的深情的目光中，刘芸想到了结婚这个字眼。刘芸也觉得杨一是个值得依靠的男人，但刘芸心头，总有一个想法，如果杨一向自己求婚，她就要求，一定要领养聪聪，把聪聪当作自己的孩子一样。

那天，在家里烛光晚餐时，杨一从怀里摸出了一枚钻戒，单膝着地，说，刘芸，请你嫁给我吧？刘芸刚想说什么呢。杨一又说，我还有一个请求，我想结婚后，我们领养聪聪，共同好好抚养他，你说好吗？刘芸很惊讶，还是很欣慰地点了头。

就在新婚的那个晚上，聪聪躺在他们婚房的小床上，早早地睡去。刘芸从包里掏出了一张被塑封的黑白照片，照片上，有许多如聪聪一般大小的孩子。那是一群被遗弃的孤儿们的合影。小时候的刘芸也在其中，后来就被她的养父养母给收养了。

刘芸刚拿出照片时，就看到杨一也拿出了一张合影。居然是和刘芸一模一样的照片。杨一和刘芸，相视而看，眼睛睁得都大大的。

◀ 软 肋

是一则诈骗信息。

在 QQ 群里，有人发出一个信息，那人前几日接到一个外地朋友的电话，说是在广州，有困难，务必请打 2000 块钱。那人答应了，刚准备去银行打钱，想想又觉不对。那人就问了别的朋友，要了那个外地朋友的电话。电话打过去后，外地朋友说，我没在广州，我在惠州啊。原来，那是个骗局啊。那人庆幸打了那个电话，不然这钱，真就打了水漂了。

李木和杨一是同事，也是非常要好的朋友。

是李木先看到了这则信息，然后转给杨一看。

李木对杨一说，还真悬哪！

杨一看完信息，笑了，说，悬什么悬，那是他笨，这么大个人了，怎么就这么容易上当呢。

李木说，你不会上当吗？

杨一说，当然，我怎么可能上当呢。

巧的是，在他俩聊天后的一个小时，杨一的手机上，就收到了一条短消息，用户您好，您的工行卡刚刚被提取了1600块钱，如有问题，请致电：12345678。

杨一给李木看，说，你看啊，我一看就知道这是一条诈骗短消息了。

李木说，为什么？

杨一说，因为我没有工行卡啊。

李木说，是，还是你聪明，那些骗子真笨，连你有什么卡都不知道。

杨一微微一笑，说，那是。

隔一天，杨一又收到一条短消息，您的信用卡刚刚在商场被消费了1200块钱，若有疑问，可致电：87654321。

杨一又给李木看，说，你看啊，我一看就知道这是一条诈骗短消息了。

李木说，为什么？

杨一说，因为我的信用卡就在身上，我不信别人会拿我的卡去消费。

李木说，为啥不信？

杨一笑笑，说，我就是不信，他们说被消费了，那就被消费吧。我没那么容易受骗上当了。

李木朝杨一跷起了大拇指。

又一天，李木和杨一正聊着天呢，杨一的手机响了，他拿着电话到门外去接，不到一分钟，就慌慌张张地回来了。

李木说，出什么事了吗？

杨一说，刚才那个电话，是我女儿的同学打来的，说我女儿出了车祸，现在医院抢救，急需我汇 2 万块钱过去。

杨一的女儿，在北京读大学。

李木说，不会是骗子吧？

杨一说，我也想到了。

边和李木说话，杨一边已打了女儿的电话。然后，杨一就听见里面机械般的声音，您所拨打的电话已关机。

杨一的面色有点蒙，想了想，赶紧又打了女儿的辅导员的电话。还好没关机。杨一听到辅导员的声音，面色稍稍镇定了些。但辅导员并没能帮上什么忙，辅导员说，我出差去东北了，要过几天才能回去。杨一女儿目前的情况，她并不知道。

挂了电话，杨一脑子开始晕了。

不会是真的吧？不然怎么这么巧，都撞一起了呢。女儿的电话，从来是不会关的。

然后，杨一的手机，又收到了条短消息，女儿的同学发来的，是一串银行账号的数字，还说，叔叔，请你赶紧吧，不然恐怕来不及了……

杨一咬咬牙，寄吧！钱算什么，要是女儿真等着这钱用，或是女儿因为自己不打钱，有个三长两短的话，以后自己后悔都来不及了。

李木在旁看着，也有些彷徨，不知该帮杨一如何抉择。

跌跌撞撞地，杨一拿着自己的银行卡，就跑去了银行，按着短消息上的数字，给打了过去。

当天晚上，女儿的电话通了，女儿说，爸，我没事啊，下午我手机没电了，你怎么这么容易就上当了啊。

挂了电话，杨一赶紧报了警，民警来了，一查，说，钱在杨一打完3分钟就给取走了，要追回，恐怕希望不大。

第二天，李木杨一坐在办公室里，谈起了这事。

李木说，你不是说，你不会上当的吗？

杨一苦笑，说，他们，是触到我的软肋了。

李木说，要是以后，你再接到这样的电话，还会上当吗？

杨一想了想，一副成竹在胸，说，那可就没那么容易了，我已经问女儿要了她所有同学的电话，这就叫吃一堑长一智。要是再有下一次，我就立马报警，配合警方，将他们一网打尽。这叫魔高一尺，道高一丈。

李木笑了，朝杨一伸出了大拇指。

第三辑

打工世界

◀ 抬头看啊看星星

走的时候，李木拉着春妮的手，说，妮，等我，我赚够了5万块钱，就回来娶你。

春妮眼中闪着泪，说，木哥，你小心点，我等你，一定等你！

李木用力点着头。

然后，李木一步一回头地，上了去往城市的车。在车上，李木不时地回眸，看春妮，慢慢地变成一个小黑点。

三天前，李木去春妮家提亲。春妮爹抽着旱烟，黑着一张脸，说，你有5万块钱吗？李木摇头，没有。李木家穷，能凑起个5千块钱就不错了。春妮爹说，行，那你啥时有了那5万块钱，啥时我就把春妮嫁给你。

一天后，李木已经来到了千里之外的陌生的城市。

李木先是在一个工地打工。工头是个很凶的男人。工地说，一个星期干七天，一天干14个小时，一个月3000块钱。李木说，没休息天吗？14个小时是不是长了点？工地一瞪眼，说，不想干滚蛋！李木眼一怯，就说不出话了。

这样干了一星期，李木浑身乏力眼冒金星。晚上刚下班，李木就拨通了春妮的电话。春妮说，木哥，你好吗？李木说，好，很好啊。春妮很兴奋的声音，木哥，那就好，那你早早赚了钱，来娶我吧……说到后面，因为害羞，春妮的声音低低的。李木也笑了，说，春妮，我一定努力，你放心吧。挂了电话，李木摸着破旧的手机，眼前闪现着春妮甜甜的笑。

满一个月了。李木去找工头要工钱，工头给了他三百块。李木一愣，说，不是三千吗？工头说，是三千，你没看这里的要求吗？先给你三百的生活费，等工期结束的时候，再把其他钱一次性给你。李木看着工头，有些怀疑，想想，也没其他办法。

每到晚上，李木就和春妮打电话，春妮说，木，现在赚到多少了？李木就说了。春妮就赞几句，说，不错不错。为了省钱，他们讲的时间不会太长。每次，李木挂电话时都有点依依不舍，春妮说，想我就多看看天上的星星，每一颗星星一闪光就代表我在对你笑。李木果真就抬头看星星，他挤住在工棚的角落里，根本看不到星星。但他没跟春妮说，李木假装自己是能看到星星的。

干了十个月，工程结束了，可工头也跑了，跑得无影无踪。和李木一起打工的工友们，大家的脸上都写着迷茫，没人知道该怎么办！人都跑了还能怎么办？！

晚上，李木还在马路上漫无目的地走着。电话来了，是春妮，木哥，有个事，我和你说，你别生气啊。李木说，不生气，你说吧。春妮说，今天家里有人上门提亲了。李木有些慌，那你同意了吗？春妮说，当然不啊。李木摸摸胸口，好，好。春妮又说，李木哥，你能看见星星吗？李木抬起头，四面都是高楼，哪里看得见星星啊。李木说，有，有，这里有好多星星呢！

李木很快又找了份工。一个月也是3000块，没休息，一天14个小时。好像这成行规了。干活前，李木还特意问了工头，工资是按月发的吗？工头说，当然了。

满一个月，工头给了李木1000块钱。李木说，不是3000块吗？工头说，等等吧，我手上就这么点钱了。工头一脸难色，你放心，我要是拿到钱，立马就补给你。李木想了想，只好说，好吧。

干了八个月。工头又跑了。李木无法理解，看上去那么慈眉善目的工头，怎么能也是个骗子呢？

那一晚，春妮在电话里说，木哥，你出来快2年了，钱筹齐了吗？李木不知道该说什么好，春妮，我……春妮又说，木哥，你知道吗？这几天有好几个人上门提亲了，有人还拿了十万块钱。我死活不肯。春妮有些哽咽了，木哥，我真不知道自己还能撑多久了。李木想说，春妮，要不，你别等我了。李木嘴张了张，没有说出口。他想抬头，还是没有，这里的天空，是看不到星星的吧。

想了一晚，李木发觉，再要打上2年工赚个5万块，那是不现实的。现在，最好的办法，就是找到那两个黑心的工头，讨回自己被拖欠的工钱。

李木就开始在这个城市里晃，大街小巷、角角落落地跑。李木不信，他们就真离开了这个城市。

找了半个多月。

那一天，李木已经快两天没正经吃过东西了。在一条偏僻的街口，他看到了一张熟悉的脸，工头！对面，好像还有另一张熟悉的脸！他俩竟然在一起！就在马路对面，可被李木逮到了！

没多想，李木就迫不及待地向前跑，他要揪住他们的手，不让走。还要质问他们，你们为什么要跑？为什么要昧了良心贪工人们的血汗钱？

李木跑得太快了，快到都来不及看一侧开过去的一辆卡车。

卡车将李木重重地撞飞了出去。在半空中，李木听到了身体骨骼被撕裂的声音，还有，在这大白天，他竟然分明看到了天空中的星星，一闪一闪的，很美，像春妮动人的眼睛。

◀ 不管有多苦

那一年。我还有半年即将毕业。是职校毕业。

由学校安排，我和另 4 个同学，一起去往一个大型苗圃实习。说是实习，其实就是打杂，要在那里留下来。基本也是没什么可能。我们被安排过去，就是玩上三四个月。然后回学校拿到毕业证书，走人。

就业压力已很严峻。我们去了那里，其实盘算着的，还是接下去，是该去找个什么样的工作。也许，在那里，就是我们最后的轻松了。

在那里差不多玩了一个月多，爸妈帮我找了一份活儿。是在一个绿化工程公司干活，试用期三个月，职务是技术员，可以拿工资，一月 600 块，没休息天。

是父亲把我送到了那里，一个离家挺远的地方。父亲的身体不是很好，没走几步路，就气喘吁吁了起来。父亲老了。但我又是那么的不成器。有些沮丧，但我没有表露出来。那里的工作，算是父亲的朋友给介绍的，父亲给那里的负责人递着烟，说，拜托你们了。负责人笑笑，说，没事。

父亲走了。我被留在了那里。住的地方，是一个大院子，类似一栋很大的别墅，我就睡在别墅旁左侧的一间平房内。天一黑，就是不能出门的，院子里被散养着一条大狼狗，一到晚上就被松开了铁链，很吓人。白天我见过，朝我不停狂叫着，直吓得我瑟瑟发抖。真被它咬上一口，那就不得了了。那一晚。我没睡着，一熄灯，蚊子就出来了，不停地咬我。忘记买蚊香了，只能开灯。开了灯，蚊子少了，但我更睡不着了，我不习惯在灯光下睡觉。迷迷糊糊的，一直是在半睡半醒之间，不知不觉天就亮了。

第一天，是除草。就我一个人，在院子里的一块大草坪上，除去里面的杂草。我开始是蹲着除的，除了没多久，脚就酸了。有个和我一般大的同事提醒说，可以去搬张凳子，坐着除，就不那么累了。听着他的话，我还真去搬了张凳子，坐着来除草。坐了没多久，还是累。可能是我人太高的缘故吧，我必须把整个身体都趴下来除草。这真的很累人。

好不容易把上午撑完。中午吃完饭，都没休息，又出工了。4月的天，已经很热了。特别是这么一个大下午，没多久我就已经满头大汗。再加上累，还有脚酸。我看着天，想着那几个还在实习的同学，他们可比我幸福多了。虽然他们拿不到钱，可能工作至今也没方向。但在那里，至少还可以无忧无虑地再玩上几天。

我除了三天的草。天天都是大太阳。晒得我整个人，活生生地像个黑泥鳅。有时想想，真不知道那几天是怎么过的。但毕竟，还是算过去了。

后来的一天，是老板亲自点的名。让我和另两个，和我一样刚从学校毕业的同事，一起去一个工地挖香樟树穴。那香樟，可不是什么小香樟，光根部的泥球直径，就有 1.5 米长。挖的树穴，起码要 2 米以上的长，深度也要在 1 米左右。

我们三个人，背着锹，戴着草帽。坐着车，去了那里。在早已按照图纸放样好的位置，我们开始挖树穴。起先是一人一个。各挖各的。那挖土，可真不容易。一锹一锹的土，从坑里甩出来，真别提有多累了。因为离别墅远，午饭是要自己解决的。我们在路边，看到有卖吃的，就要了 3 个盒饭。就在工地上，大太阳下，席地而坐，我们吃得还挺香。

最苦最累的，还不算是这个。

那一次，工程刚刚上马。因为送树苗的车要凌晨 2 点到，老板把我们所有的人都给召集上，晚上突击进行干活。晚饭后，我们先是把白天所有的树穴，以及其他可控的活儿都给安顿好。这一忙，一直弄到十一二点。送苗车还没到，老板就让我们在公司的小巴车上睡一会儿。也许是忙乎了一天的缘故，这一睡，我还真睡得挺香的。然后，我就被人叫醒了，说，树苗来了，赶紧起来。我哦了一声，睁开眼，不远处，真还停了好几辆苗车。一侧的，负责吊树苗的吊车也已经到了，停在那里，就等我们干活了。

这一忙，真就到了天亮。我还是第一次这样干活到了天亮。真的是太过疲惫，想睡又不能睡。好不容易忙完了，老板又对我说，你留下来，一会儿，把水给浇一下，我哦了一声，和另一个年轻同事，一起去车上搬下了浇水的机器。

我在那干了一个多月，爸妈说要来看我。说好是中午到的，我等了半天，都还没等到。那时还没买手机。我只有干等。等到的是跌跌撞撞，由父亲扶着的母亲。父亲说，你妈她看路没注意，刚才差点让车给撞了。我刚想说什么，母亲看着我，却是一脸的心疼，说，你黑了，又瘦了。我听着，莫名地，眼泪就下来了。

最难耐的还是晚上。后来我搬出了别墅的小院子。老板在别墅旁，又建了两排平房，我住进了其中的一间。那里没什么人，就我，还有另2个年轻同事。他们家住得近，有时下午干完就回家了。而我不行，家太远，没办法回去。到了晚上，我一个人就挺无聊，也没电视，连水也没得喝。我就去旁边的小卖部，去买冷饮，去买饮料。我还清楚地记得，那时的小瓶雪碧，要3块钱。我买了一瓶，没几口就喝完了。不敢再去买了，钱花起来太快，我辛苦一天，也就赚20块。去掉一天5块的伙食费，真没剩几个钱了。

我想起了爸妈。我还是咬紧了牙关。

而今，我已经离开了那个公司，找到了更好的工作，还有了更好的待遇。我不用再为3块钱一瓶的雪碧而去纠结了。

但有时想想，我还挺怀念那样的日子了。因为，只有尝遍了苦，才能真正体会到幸福和快乐的真正意义。

我永远感谢那段吃苦。

◀ 墙
·······

　　李斯做了个梦，梦见自己走进了一间房，四面都是墙。墙一堵一堵般堆积的，李斯感觉特别的压抑。李斯想说话，却发不出声音。李斯想离开，却找寻不到门，李斯急了，却忽然觉得头被什么东西砸了几下，很痛很痛……

　　李斯一下就惊醒了过来，天还没亮。却看见带班的在工棚里踢打着正熟睡的工友们，毫无疑问，刚刚砸李斯的头的就是带班的了。工友们陆续被踢醒了，睡眼惺忪地揉着通红的眼。带班的口中还在不耐烦地呵斥着：妈的，睡得怎么都像死猪一样，出工了，出工了！

　　一旁的工友张二虎不免嘀咕，5点还缺5分钟，还早了……

　　带班一下就冲了过去，狠狠瞪了张二虎一眼，妈的，你还想不想干了，不想干趁早给老子滚蛋！

　　另一工友刘流站了出来，说，不干就不干，每天15个小时，谁他妈受得了。你给我结清钱，我马上就走人！

　　带班的冷笑了下，说，结账？今天你要走出这门，就别想拿到一分钱！想不想试试？

刘流一下就蔫了下来。其他工友也没什么反应，对工头在这个城市的势力，大家都心知肚明。如果没有一定的靠山，谁又敢将人当猪一样使唤啊！

工友们陆续都起来了，大家如机械一样跑进食堂，一如往常的清可见底的汤和着俩核桃样大小的馒头。李斯知道，很快肚子又会饿的，但是饿了又能怎样呢？

天天吵却天天得干，不干真的就啥钱也没有了。没人敢去尝试这点。有一天，李斯觉得自己对这种生活已经麻木了。李斯的思想也完全被麻木了。

一晚，李斯又做了个梦。又是个奇怪的梦。李斯梦见自己回到了家乡，见到了老迈的娘躺在冰凉的病榻上。李斯想掏钱给娘去看病，摸摸口袋，却是始终摸不出钱来。李斯不甘心，再摸，还是没有……

李斯醒了，满身都被汗湿了。有工友喊，李斯，你的信，老家来的。李斯迫不及待去拆信，娘真的病了，爹让李斯寄些钱回家……李斯傻眼了，自己的钱都还在工头那啊。咬咬牙，李斯觉得只有去找工头，先要回一部分！

工头却朝李斯哭穷，说，我真的没钱，工程款好久都没下来了，连材料费都是赊的。

李斯满脸沮丧地回到工棚，工友们围了上来。张二虎手中摊了一些钱，说，钱不多，但这是大家的心意……李斯想拒绝，但想想急需用钱的娘，李斯哽咽着，说，谢谢大家！

李斯走出工棚，钱还是不够啊。咬咬牙，李斯去卖血，有时想想，卖血和卖苦力又有啥区别呢！

终于熬到年底了，工头却又不肯给钱。工头说工程款没结清，实在发不出钱来。张二虎想上前跟工头说个明白，却被两个膀大臂粗的男人给挡了回来，还有几个戴大盖帽的男人站在工头身旁在窃窃私语着什么。就谁也不敢动了，在这里，除了工头，最怕的就是大盖帽了。

钱却不能不要，没钱怎么回家。答应老婆孩子的礼物是要买的，一些长辈家也是要去的。李斯还要还钱，娘的病给家里带来如山般沉重的债务。

便有张二虎喊，俺们去找有关部门，政府不是说过，农民工工资不得拖欠？可以找有关部门反映情况吗？

李斯说，二虎，俺陪你一起去吧！俺们一起去告他们去！

对，告他们去。工友们群情激愤起来。

可有关部门在哪呢？李斯和张二虎还是第一次走出工地，站在熙熙攘攘的繁华而又完全陌生的大街上。到底在哪啊？两人不禁一筹莫展起来。

问了许多来往的路人，都说不知道啊。

还是有个老头比较热心，停下来问了两人的情况，最后说，去找建委吧，兴许他们管的！

便去找建委，两人边走边问走了老半天的路，终于到了气派无比的建委门口。

张二虎走在前面，刚要往里面走，却被门卫拦住了。门卫瘦瘦的，却是一副尖嘴猴腮样，瞪了两人一眼，说，找谁啊？

张二虎说，找有关部门反映情况！

门卫冷笑着，嘿嘿，就你俩？这地方也是你们可以进的？

张二虎还想上前。

门卫却松了下狗链，一条像狼一样凶猛的狗往张二虎身上扑了一下。张二虎被这一下差点摔了个狗吃屎。张二虎恨恨地瞪了门卫一眼，妈的，狗眼看人低！

有关部门进不去，那又该咋办啊？两人回了工棚，大家围坐在一起，一筹莫展。

刘流忽然有些振奋地说了句，俺有主意了！

大家很快又来了热情。刘流说，咱们去玩跳楼，逼政府管！电视上就是这样的。

大家一下就笑了起来，好主意，好主意啊！不过，让谁去跳呢？

大家的眼睛一致又留在了刘流身上。李斯笑了，说，刘流，是你出的主意，就归你跳了！

便选了个20多层的高楼，大家一窝蜂地跑上楼顶，刘流站在最前面。李斯和张二虎在楼下负责散布新闻，楼下很快就拥满了人。来了很多车辆，还在楼下拉起了一张大网。

有几个领导模样的人冲上了楼。此刻刘流已站在了楼角边上，再往前一步，就可能掉下去。有个领导样的男人喊，农民兄弟，可千万别想不开啊，有什么事都可以和我们反映的……

刘流哽咽着，说，反应个屁啊，工头不发工资，去找有关部门，门都进不去……

领导喊，我们现在知道情况了，一定会及时圆满解决问题，你先下来，好不好？

刘流说，说解决，吃亏的还是我们农民工！

领导喊，不会的，我是市委副书记李海波，我保证一定秉公处理！

刘流见火候差不多了，就想着退下来，谁知站久了，腿都麻木了，一个不慎，刘流整个身子就习惯性地往前栽……

刘流死了！

市委迅速组织成立了调查组。很快，对工头、带班的做了处理。

工友们拿到了拖欠已久的工资，看到了拿在手里的钱，大家仿佛就看到刘流真实地站在眼前。

晚上，李斯又做了个梦，梦见他还在那间四面都是墙的屋。不过，屋一下就倒了。地上只剩下一块一块的碎砖，李斯还看到了碎砖上的血迹。很红很红，红得刺眼。

醒来时，李斯发觉自己泪流满面。

◀ 少了一百块钱

离开老板自己做包工头，我是犹豫了很久才下定决心的。手上的几个小项目，利润薄，但多少还是能赚一点小钱的。

但一切都不是我想象中那么顺利。做好的项目却收不到早就说好的钱。

可工人的工资不能不发啊。我借了钱，给他们发工资，令我意外的是，工资发完，居然少了一百块。在我老家，突然少了钱，那就是个不好的预兆！怪不得我会那么不顺利。我又点了一遍，还是少一百块。

这钱，是刚从银行取出来的，去掉给工人发掉的工资，就剩这些钱。我反复核算，还是少。我一琢磨，会不会是哪个工人多领了一张呢？

我一拍脑袋，完全有可能啊。

那几个工人，我工资开得低，平时都抱怨着钱少。而且，他们都节省，我每天看他们早晚都是吃馒头，中午下一点面条。一天的伙食费，不过三四块钱啊。

当天下班后，我把他们都找了来。

十来个工人散漫着来了，我问他们，工资都拿到了吧？

大家都点着头，有些小心翼翼地。

我说，没人少拿钱吧？

民工们显得很疑惑地看着我，没吭声。

那，有没有多拿啊？绕了半天，我终于说出了自己心里真正想说的那句话。

不过，民工们却显得更疑惑了。

我有些失望。

我忽然想，这些都是他们装的，这些民工们哪，真是一群刁民。看来不施点压力，估计他们是没人肯认账的。

于是我说，是这样的，我想请大家回去后，再点下自己拿的工资，看看有没有谁多了一百块钱。多了就还给我，好吗？

尽管我的口吻显得很温和，但我明白，我的语气是极其沉重的，沉重得让这些民工们表情很凝重。

没人回答我。

我不怕得罪这些民工，尽管我给他们的工资是很低的，活是比较重的。但我一想到少了钱是个不好的预兆，就什么都不想管了。

第二天一早，就有一个叫老耿的民工匆匆找上了我。

老耿一看见我，就给我塞一百块钱。老耿黝黑的脸上写满了歉意，再三和我道着歉，说，老板，对不起，我回去没好好数钱。谁知道昨晚回去一数，居然多了一百块钱。

我朝老耿冷笑了笑，很是心安理得地收下了那一百块钱。老耿这人我知道，上次为了一块钱都能和一个老乡打起来。这次要不是我给他们那点压力，估计他怎么着也不会把钱还来。

我连一句话都说，接过钱就走了。

走了没几步路，碰上个叫老宋的民工，老宋手上，居然也拿着一张百元大钞。老宋连声朝我道着歉，说，老板，对不起，我回去没好好数钱。谁知道昨晚回去一数，居然多了一百块钱。

我听着有些纳闷了，难不成我少数了一张？那我该是少了两百块钱。

我有些犹豫地接过钱。

谁知道，今天真像撞上了邪一样，一上午，居然剩下的民工们一个一个地都拿着一张百元大钞来找我。口口声声说着对不起，是他多拿了一百块钱。

这次，我没拿钱。我冷冷地看着他们，摇了摇头。

中午时，我坐在办公室，还在想着这个费解的问题。

我是不是每个人都多发了一百块钱呢？

我想了下，然后我在抽屉里找那份工资表，我想重新核对一下他们的工资金额。我在抽屉里翻找着，不小心翻出一张百元大钞来，皱皱地挤在一堆文件中间。我愣了愣，终于翻找出那份工资表，我核对了下，没多给啊。

我全明白了。

是每个民工都贴出来一百块钱。

想着他们每天起早摸黑地干活，辛辛苦苦下来，我居然还要怀疑他们多拿钱。我的鼻子顿时有些酸酸的。

下午，我没让他们干活。

我把民工们都找了来，我还安排了一间会议室，我买了些水果，摆在会议桌上。大家战战兢兢地看着我，显得有些慌张，大家看着那些水果，却没人动。我把钱还给了老耿、老宋。老耿老宋看着这钱，还有些不敢接是，反复小心地看着我。

我苦笑笑，看着大家，我说，我想请问下大家，你们真的是多拿了一百块钱吗？

大家都没说话。

我点了老耿的名，说，老耿，你说说吧。

老耿看着我，舔了舔干涩的嘴，又有些小心地看了看我，说，老板，我们知道你最近的艰难……

我愣了，天哪，他们怎么会知道啊。

老耿说，其实，我孩子是和你一般大的。我们知道，你包个小工地，赚点钱，也不容易。无论怎样，我们都会支持你。

我看老耿，看着不停在朝我点头的民工们，我的眼眶慢慢湿润了。

我知道，没什么大不了，任何难关，都可以渡过了。

我说，大家吃点水果，润润喉咙吧。

我还做了个决定，这些民工，我希望能长期用下去。

◀ 中秋回家

临中秋前，工程进度很紧，一群民工却跑来说，中秋想回家一次。老板听到这个消息，急得不行。民工住河南，一来一回，至少得十天半月。这段时间恰值农忙，民工吃紧，他们一走，一时间又上哪找人啊！

老板让我去和那群民工谈谈，必要时适当给些经济补偿，尽量把人留下。

之前，我听说过这批民工，跟着老板快干3年了，这三年里，逢年过节的都没回去，为老板干活也兢兢业业的。

此刻，我的对面就坐着这批民工，坐最前面的民工显得有些拘谨。我笑了，说，别紧张，咱们就聊聊，好吧？

那民工也朝我笑，笑得有些生涩，张开干涩的嘴唇，露出一口满是烟垢的黄牙。

我问，你们能不能等这次除夕过后再回，最近主要活真的紧了些。

那民工回头看了下其他的民工，说，其实，其实我们这三年都没回去。我点了下头，我明白，我说，但这次情况比较特殊一些。

那民工似乎有些不好意思，把头都低了下去，说，要不我们尽量早些出来，你看行吗？

我苦笑，说，其实这次老板也说挺过意不去的。主要也是工期太紧，如果大家能留下来，每人都可以补贴200块钱……

那民工似乎嘴动了动，忙又回头看其他民工，看他们都没反应，于是就摇头。

我一看没辙，我说，那你们准备明天走吗？大约啥时回？

那民工却似乎在想着更为难的事，干涩的嘴张了张想说，又生生咽了下去。

我看了半天，忍不住问，怎么了？

民工看了我一眼，嘴哆嗦了下，说，你能不能先给我们结些钱？

我想起，来前老板再三叮嘱，尽量少给他们钱，这群外地人，不定拿了钱下次说不定就不来了。像他们这批熟手千万得留住。

我说，你们要多少钱？

那民工回头看了下大家，对我说，你看，能不能给我们多结些？他指一个显得最老的民工，说，他儿子在大学读书，生活费每月100块不到。他本想平时多拿些钱，可老板到年底才结清的。他又指着另一个略年轻些的民工，说，他孩子常年生病，才5岁，最近又住院了，他……

趁他介绍的间隙，我把他们一个一个看了个遍，听着他的话，看着他们满是疲惫的黝黑的脸。我忽然想起了父亲，父亲脸上总是疲惫而艰辛的，我读书把父亲的背都读歪了。

我忽然感觉脸上湿湿的，我擦了一把，就看见民工们都在看我，我朝他们笑了笑，说，没事，我帮你们把工资结清吧。我是老板下面的总管，我手上有几万块备用金。

民工们似乎不相信自己的耳朵，都有些愕然地看着我，却没朝我走来。

我拿出他们的考勤表，看了下，他们上次是结到过年的，年后都只领些生活费。我问，谁先来？民工们相视看着，半天，才慢慢走过来一人，脸上还是半信半疑着。

我问了他的名字，算完，钱到民工手上，拿钱的手一下就拽得紧紧的，似乎怕我变卦收了回去。我看着有些辛酸。

就这么一个一个结完钱。民工们却都没走，都看着我，我笑了，问，还有事吗？

都摇头，带头民工说，我们明早走。

我点了下头，路上小心，早去早回啊。

说完，我就直接去老板那儿。

果然，老板听说我不仅放走了民工，还给他们结清了钱，大发雷霆。老板满脸愤怒的神情，说，你知道他们对这个工地有多重要吗？他们跟了我三年，如果他们走了，你知道会有多大损失吗？同样工资再招一批这样的人，活可能只能做他们的一半啊。

等老板气消了，我说，老板，给他们结清工资的钱，可以由我来承担，你从我的工资里扣。

老板看了下我，正要说话，秘书匆匆进来，说，门口来了一群民工，说要找我。老板挥了下手，说，让他们进来吧。

我愣了下。

是这批民工。他们跑得似乎很急，气喘吁吁的。

我问，有事吗？

带头的民工似乎有些不好意思，他脸微微红了红，说，对不起，我们骗了你。所有的民工一下都朝我鞠了一个大大的躬。

我看呆了，忙上前扶起他们。

带头的民工说，其实，我们是找了另一个工地的活，钱比这里多，但我们想先去做几天，如果确实不错的话，我们就过去了。

我说，那你们不怕我不给你结工资吗？

他摇了摇头，说，我们不怕，现在政府对拖欠农民工工资抓得紧，你们不给，我们就直接找他们。

那你们不回去了吗？这次，那钱怎么给家里呢？我说。

不回了，你相信我们，我们也相信你，大家商量了下，钱少点就少点，老板确实少不了干活的人，我们都留下了。

民工们回工地了。

老板问，你怎么想到为他们结清钱呢？你不怕我因为这事把你开除了？

我摇头，说，我不怕，我的父亲和他们一样，也曾经为他的儿子到处打工。

老板笑了，说，让我敬下你，感谢你的父亲。另外，我决定了，给民工加工资。

◀ 一瓶矿泉水

民工们还在忙，他却走来走去的没啥事做。想走，又没走，想再盯会，毕竟老板出了钱，他是老板下面管事的，他的职责就是监督民工干活。

腰间的电话不停在响，朋友在催他过去，早就约好的。其实今天工地上也没啥大事，走开也无所谓，就地上那点活，过会还有个组长来接班，他都安排好了。

他站了会儿，发觉有些渴，便走出了工地，去旁边的便利店买水喝。他买水时，发觉特别便宜，他想起了工地上的几个民工，就多拿了几瓶，反正也不贵。而且，给民工买可以报销，顺带把自己喝的这瓶也报了。

民工正忙，汗水噼里啪啦地往下掉，也没注意，一抬头就看见他拿了几瓶水走来。一瓶一瓶地递给每一位民工。笨拙的民工还没学会谢，只双手作揖着，张了张干涩的嘴，刚想说什么。他摆了下手，说，啥也不用说了，你们给我好好干就成。民工们就直点头，拧开矿泉水盖喝了口水，忙放下，又动起手里的活来。手腕间，更觉用力。他看着，点着头说，我先走了，待会组长会来，你们好好干，别偷懒啊。民工们都抬起头，朝他点头，让他放心。

　　他走远些时，回头，看见他们弯着腰似乎有使不完的劲，他点了下头，就加快步子，匆匆跑开了。

　　以后又见过这几个民工几次，民工很善意地在朝他笑，他也没在意，民工嘛，无足轻重。而且，那会，他是老板的亲信，高傲自大得不得了。从来不会把那些脏兮兮的民工放眼里，他只觉得民工嘛，外面多了，一抓一大把，像蚂蚁样多。

　　跟着老板做了几年，慢慢他自己就在外面接了点私活，赚了点钱。等赚得多了，他就离开了老板，还一并带走了在老板那接触下来的资源。他看到老板一脸铁青地看他，他却毫不在乎，又不拿老板的钱了，就用不着尿他了。

　　走出老板的天空，他在属于自己的世界去翱翔。做了几个小的工程项目，他感觉做顺了手，就放手去搞些大的。

　　一个大项目的突遭意外，前期上百万的投入灰飞烟灭。使他积累了几年的积蓄一扫而光，他成了穷光蛋。没了钱，他无奈地游走在城市的边缘。昔日一起称兄道弟的朋友们一个一个都远离了他，被逼无奈，他只好去找从前的老板。老板的江山很大一部分是他给打下的，他觉得老板看在往日的情份上会支持他的。

　　老板冷笑着看他，他恳求老板借他些钱，他手上还有些小项目愿意和老板合伙去做。

　　他甚至承诺自己只要那些项目利润的20%。

　　老板却还是不吭声，只一味地冷笑。

　　老板踢了踢腿间游走地那只狗，说，你说这狗，能和我谈条件吗？

他受了侮辱，满脸涨得通红，一言不发就冲出了老板的办公室。

走出好远时，他听见背后有人叫他的声音，听着却不像是老板。

他回了头，却只看见几个民工，挥着手朝他跑来。

他苦笑，真是虎落平阳啊，他难堪地看着他们朝他走来。

却有一个民工怯生生地问他，你是不是有项目，却没人去做？

他点头。

民工说，我们帮你去做吧。

他苦笑，说，可我没钱，雇不起你们。

民工们相视一笑，说，先干吧，钱等你有了再给，我们信你。

他苦笑，说，你们凭什么信我呢。我没骗你们，真没钱。

民工们哈哈大笑起来，张着干涩的嘴，说，就凭你给我们买矿泉水，就信你。

他满脸不解，疑惑着说，一瓶矿泉水，就值得你们信了？

民工们不作声了，他从民工的眼中探知了一切，他忽然感受到浓浓的温暖萦绕心间。

靠着这批民工，他完成了那个小项目。他接着又做了几个项目，赚了钱，他要加倍发民工工资，他们却摇头，只说，你已经给我们水喝了。

◀ 风一样的青春

那一年的春天，在我看来，比任何一个严冬更显寒冷。

15岁的我仿佛一下子从天堂坠入了地狱。父亲的公司宣告破产倒闭，家里的豪宅、豪车，还有所有值钱的东西，都抵押给了银行。

我们只好搬去老宅。我那公子哥儿的身份在那一刻也戛然而止，那些曾经一起称兄道弟、义薄云天的哥儿们一个个都消失不见了。

看着老宅的脏、乱、破，我始终无法把这里想象成我今后的住所。以前在豪宅里应有尽有，还有佣人服侍左右，想吃什么，想喝什么，张一张口，就会有人送到嘴边。而现在，有的，只有父亲默默地一个人抽着烟，那拙劣的烟，一向是父亲所不屑的。可满地的烟头，更像是父亲沮丧心情的写照。母亲自进了老宅起，就躺在床上没起来过，一个人一直在抹泪，那永远都无法抹尽的泪。

我木然地站在老宅长满野草的菜地前，一个人发着呆。

换作是在以前，这一刻，我应该是在游戏机房，或者是在那些灯红酒绿的娱乐场所，虽然门口贴着三令五申的"未成年少年不得进入"的牌子，可谁都知道，那些东西都是贴着糊弄无知少年的。而我是谁，我是公子哥儿，我可以给他们钱，他们没理由有钱不赚的啊。

就在我遐想的时候，我听见了父亲重重咳嗽的声音，接着父亲沉沉地叫着我的名字。我无精打采地走到父亲身边。

父亲看了我一眼，说，你是家中独子，以后这家能不能重新站起来就全靠你了。

我的脑子顿时就跳出来一个画面——《古惑仔》里的画面，现在的状况就像是老大在给继承人托付重任似的。我不自觉地就精力充沛起来。我说，爸，放心吧，我明天就去找工作，我一定不会让你和我妈受委屈的。

父亲用很奇怪的眼神看着我，然后朝我摇着头，说，不，我希望从明天起，你能再去上学。我不解，父亲的学历也不高，却有那么大的成就。况且我的成绩早就是一团糟，即便父亲不破产，我也早已打算好了，准备结束我的学业，好好在父亲的公司创一番大的事业。

父亲苦笑着看着我，问我，你知道爸这次为什么会破产吗？

我摇头。

父亲沉吟了半天，然后长长叹口气，说，其实就是因为你爸我所学不精，又急于求成，没有看明白对方合同的细则，才吃了大亏啊。

父亲拍了拍我的肩膀，说，如果你爸以前学习再努力些，也就不会有今天的破产了。人生的路，就是该一步一个脚印地走啊。

我看着父亲，似乎有些明白他的意思了。

我说，爸，我一定会努力学习的，可……我不由担心起我的学费来，父亲都破产了，哪还有钱供我读书啊！

父亲似乎看穿了我的心思，对我说，我现在是他唯一的希望，即便是让他卖血，他也会供我读书的。

父亲的话唤出了我一脸的泪。

重新回到课堂，虽然我试图赶上，可是我的成绩还是上不去。我以前从不读书，欠的账实在太多了。

但我并没气馁，每次想要放弃的时候，我都能想起父亲的那一番话。我有个目标，要证明给父亲看，我一定会为他好好争气的。

我每天都按时回家，即便是路过以前那些娱乐场所，也是匆匆跑过。我知道，我已经没有资格再去那些地方挥霍青春了。不仅仅是因为我现在没钱，更重要的是我不能辜负父亲对我的期望。

老宅门前的那块菜地已经找不到一根杂草了，母亲让菜地又恢复了它本身的模样，菜地里的那些时令蔬菜都生长得极为茂盛，郁郁葱葱的，像我蓬勃的青春一样。父亲每天都很早出了门，晚上很晚才回来。父亲的头发上、衣服上，都会沾满各种各样的灰尘。可父亲从没喊过累。父亲看见我时，总会朝我笑，笑着看我的成绩单，并且告诉我，我们都不要气馁，一起努力。

高考那年，我在所有教过我的老师惊讶的目光中，考入了一所名牌大学。没有人会想到，像我这样的孩子，还能考上大学，并且是那么著名的一所大学。我的班主任，在看到我的录取通知书时，人傻了至少五分钟。

可我不能傻。在大学里，我竭尽所能地发挥着我的长处，努力地学习。我还悄悄地在外面打起了零工，然后把父母亲给我的那一沓皱巴巴的生活费，拿出一半还给他们。我告诉他们，学校里什么都好，就是花钱的地方很少。

我几乎是以全优的成绩结束我的学业的。我回到了我生活过的那个城市。我给几家我一直看好的公司投去了简历。

我选择的公司是父亲以前从事的行业，我希望能走出一条子承父业的路来。

我很快就收到了一家公司的面试通知。我被前台小姐直接带进了总经理办公室，敲开门，我看到了父亲，父亲坐在办公室的沙发上。

我有些吃惊，问父亲，你怎么在这里？

父亲微笑着告诉我，这就是爸的公司。

我顿时愣住了。我不明白这到底是怎么回事。

父亲让我坐下，以他一贯沉稳的语调告诉了我一个故事，关于他一个朋友的故事：他朋友有很多钱，还有一个娇生惯养、公子哥儿一样的儿子，他朋友一直以为只要给儿子足够的钱，为儿子铺平一条平坦的道路就是他作为父亲对儿子最好的爱。后来他朋友发现错了，他的儿子在 20 岁那年，因为哥们儿义气与人火拼时杀了人。朋友想用钱去解决问题，可是，有些时候，钱是不能解决所有问题的。只是他朋友发现的太晚了……父亲看到我当时的状况，于是苦心制造了一个破产的假象，他不想他的儿子将来走他朋友儿子的老路。

父亲说完后，看着我，说，你也毕业了，可以来公司帮我了，毕竟，这个公司将来就是你的。

我想了想，我还是决定拒绝了父亲的建议。

我告诉父亲，我觉得自己还没能力帮他一起管理公司，我必须在外面闯出一番天地后，才能回来帮助他。

父亲有些如释重负地笑了。

父亲拍了拍我的肩膀，微笑着说，儿子，你终于长大了。

我也笑了。

◀ 乡下人在城里

　　二木在乡下是种地的。

　　二木种了几年水稻，除了自己吃的，剩下的就卖不了多少钱了。有一年，庄稼地收成特别好，二木笑着想，今年该可以大赚一笔钱了吧。

　　稻子用拖车拉着去城里卖，即使有汗二木都不想去擦。二木忙着去卖呢。同村的哥们都笑二木，真够心急的你。二木也笑，笑着想待会儿拿到的厚厚一沓钱。

　　可去了就一下子傻眼了。今年收成大家都好，粮价就被压，才抵去年的三分之二。又辛辛苦苦白忙活了一年。二木固执，喊，咱不卖了。粮站的人在笑，你不卖，有的是卖的人。二木就看见身后排满了人的队伍。二木叹气，只好卖，再便宜也得卖啊。

　　种地赚不了钱就不种了。二木听朋友说种蔬菜赚钱，二木就去种菜。

　　二木晚上去挑菜，早上送到镇上去卖。可卖菜也不像想象中那么简单。城里人特精明，似乎知道菜的成本是多少，一个劲地把价往低处压。就这么磨了半天，二木也累了，城里人却依然精神抖擞着。二木苦笑，看来这卖菜也赚不了啥钱啊。

二木就想，去城里打工吧，想想也只好这样了。

城里好大，有建筑工地招人，二木去了，又走了。不是不招人，也不是二木不够格。二木想想还是走了。报上三天两头在说，某某工地拖欠农民工工资，某某工地怎么怎么着的。二木心里没底，二木不想辛苦大半年回头说没钱。

二木继续去找活，这活还真不好找呢。

一天，二木还碰上个朋友，这朋友搞广告公司。当然，不是那种正规的大公司，算是个地下公司。朋友见二木一脸苦闷，就说，来我公司干吧，一月给你500块。二木一想，少是少了些，但总比种地强多了。二木就点了头。

二木的工作是发广告。这广告的发布还不是真正意义上的去散发。二木发的那个叫黑广告，就是把一些带粘纸的广告贴在城市的树上、墙上，或是电线杆上等。

二木这个工作，要能跑。毕竟这是影响市容市貌的黑广告。有时会蹿出来几个城管的人。二木就使劲地跑，抓住了可不得了，要罚款，被拘留。拘留倒无所谓，罚款可不得了。朋友说过，被抓住了，你就自己倒霉。要罚款，钱自己出。二木可没钱交罚款。

就这么像贼一样，二木在街上折腾着。有时还能碰上几个拿着铲子铲那些广告的人，二木赶紧跑，回头见那些人在笑着聊天，根本不追他。二木就有些奇怪了。

慢慢地和那些人混熟了，二木就不跑了，还知道了那几个都是本地的"40""50"年龄的人，政府安排他们专门铲除黑广告。

原来城里的地被开发商征去盖高楼了，开发商补贴他们每年每人7万，就连死了的还有2万一年，连发10年。

二木听着羡慕啊。做城里人就是比做乡下人幸福。

二木就常贴完了黑广告，跑去和他们聊天。海阔天空地聊。

一天，一个50多岁的问他，你天天这么大街小巷去贴，老板一月给多少钱啊？

二木说，500啊。

几个人一听，就笑，才500啊。你知道我们拿多少吗？

二木摇摇头，说不知道。

一个人说了个数，是二木的好几倍呢。二木喃喃着，说，不会吧，有这么多啊？

二木每天至少在外贴八九个小时的广告，他们几个铲除广告顶多三四个小时。而且，二木还时时得提防着被城管的追打呢。

一个人忽然对二木说，要不，你帮我们几个干吧。

二木看那个人，说，可以呀。

一个人又说，我们合起来给你1000，你看行吗？

二木笑了，说，当然好啊，不过，你们不上班没事吗？

几个人相视一笑，这你就别管，只要每月拿到钱就行了。

二木便不再问了，二木想都没想就直点头。以后，二木再也不用到处被追了。二木可以直起肩膀干活了。

但，二木有时想想还是苦笑，做城里人就是舒服啊。二木每月去拿钱时看到几个城里人嘴里叼着烟喜笑颜开地忙着搓麻将，就忍不住叹气。

◢ 二木进城

　　二木在地里忙活了半天，感觉挺没劲的。燃了根烟，就扔了锄头往家里跑。二木要去城里转转，老这么鼓捣着庄稼地也鼓捣不出啥钱来。二木脑中跑出来的是小虎、三毛他们从城里打工回来大包小包鼓囊囊的以及美滋滋的骄傲样。还有就是村里最美的姑娘菊兰看他们热辣辣的目光，二木看着都眼馋。

　　二木打包了一些替换衣物。旋风般跳上去往城市的长途车。

　　城市里据说工作很难找，二木却没费多少周折就干上了。是小虎、三毛介绍的一个工地，城里人不少，但农民工还是缺。

　　工地很忙，对二木他们来说，是干一天就赚一天的工钱。小虎、三毛为了多赚钱，几乎不休息的，天天赶着去干活。二木却不，干了五六天，二木说，不行，俺得休息一天，太累了。小虎三毛们纳闷，说，你出来不是就为赚钱吗？二木说，赚钱没错，但也得休息啊。去向工头请假时，工头一听二木的理由，不由愣了愣，好久没反应过来，说，二木，你牛啊？

　　从工地出来，也没一身好衣服。二木却不管不顾，脏衣服照样穿着，大摇大摆在光亮的马路上走。

走马路无所谓，但上公交车就不行了。车上人很多，二木还是挤了上去。旁边的人见二木在旁，都往另一侧挤，倒给二木提供了很宽松的空间。二木心里就乐。在城市广场逛了一圈儿，二木准备返回工地。

跑过一个菜场，菜场上人很多，满地都是菜叶或是残渣。二木分明看见是几个城里人，在嚷嚷着和卖菜的摊主讨价还价，很是趾高气扬的样子。但卖菜乡下人却毫不示弱。城里人嚷嚷了半天，卖菜的摊主有些不耐烦了，眼一瞪说，爱买不买，你不买有别人买。城里人看着篮子里空空的最终妥协了，掏了钱买完菜灰溜溜地走开了。

这时，二木听到有人说，他们城里人就是小气，老喜欢讨价还价。还来还去，生意还咋做啊？

还有一句话二木听着差点笑晕过去，一乡下人说，刚才那些菜啊，都是化肥的产物，在咱乡下，可都是用来喂猪的啊！这时，二木感觉城里人也挺好忽悠的。

二木回工地后，小虎、三毛他们已吃完晚饭，正躺着休息。二木跑到自己床铺前去打包，小虎惊异地问二木，咋了，好好的要回家啊？二木就笑，满脸灿烂，说，俺不想干了，俺要回家去。小虎说，可你干不满三个月，工头是不给工钱的啊？二木毫不在乎地说，不给就不给吧，那点钱，俺不要了。在小虎、三毛惊讶下二木昂首挺胸地离开了。

二木又旋风一样跳上回乡下的长途车。在车上，二木兴奋地规划着自己的想法。

一回家，二木就去找了村主任。在村主任惊愕地眼神中宣布他要承包村里那些荒草成片的土地。二木一下就包了30亩菜地。二木要在蔬菜上大动脑筋。二木天天不惜余力地在阳光下挥洒着自己的汗水。村里有过来推销化学药素的，说用了这个药素蔬菜就能像雨后春笋般疯长，还能增分量。二木却摆摆手拒绝了。二木喜欢农作物自然生长。

　　因为没用药素，二木的菜比一些人的菜上市晚，二木却把价格抬高。开始二木的菜很少有人来买。不过，之后就越来越多了。城里人的嘴出名的刁。很快，买菜的大都拥到二木的摊位上买。城里人还说二木的菜叫绿色食品。那些用药素的摊主们来找二木麻烦。二木就吼，谁让你们给昧着良心啊？

　　回家路上，二木喜滋滋地点着厚厚的钱，又笑，还是自然生长好啊。边说还边看身边紧紧依偎着的菊兰，不自觉又说了句，其实自由恋爱也不错。

第四辑

人海苍茫

◀ 夹竹桃
·····················

缘于工作的关系，小魏常要出入酒吧等一些娱乐场所。

如此便遇上了她。

她每个晚上都会周游于酒吧与其他娱乐场所之间，像一朵夜间盛开的玫瑰一般。她的笑声往往会很放肆，放肆地笑着，笑得响亮又很嚣张。

小魏也渐渐熟知了她的大名："夹竹桃"。初听这个名字，小魏有些不解，好端端的一个女人，为什么要起一种植物的名字呢。这真让人难以捉摸。

见过几次面后，小魏和她也有些熟了。有次，小魏请她喝酒，小魏问她，为什么要起这么一个名字呢？她只是看着小魏，忽然意味深长地说了一句，你有不同于这里其他男人的气味。她的这句话，足够让小魏骇然。

小魏其实是便衣警察，奉命潜伏在酒吧等娱乐场所调查最近暴行的贩毒事件。

不过还好，那句话之后，她对小魏也很友好，没再说出类似的话语。这让小魏忐忑的心多少有了些平和。

她的酒量很大，但她的脾气和她的酒量一样的大。

一次，一个喝醉了酒的男人拉她喝酒，她不肯，男人硬拉她时，她居然拎起一个酒瓶就砸男人的脑袋，砸得男人满头是血。和男人一起来的几个人立刻恼了，可刚站起身就坐了下来。不知什么时候，在她的身后，居然已站了五六个拿刀的痞子，那些痞子的刀，在灯光下直晃得人两眼发慌。

一个晚上，她和小魏喝酒，她喝得有些多了，喝得满脸涨红，眼中竟隐隐有了些泪。在此之前，小魏从没看她有过泪。

她看着小魏说，想不想听个故事？

小魏说，好。

她就说了个故事，一个女孩的童年故事，女孩出生在一个贫困的山区，山区对儿子传宗接代的观念很重，必须有个儿子才算有后。如此就连生了五个女娃。女孩是家中的老五，家里原本就穷，再加上女孩和姐姐们，家里的困苦更可想而知了。女孩从小就有一顿没一顿的，身上穿的，也从来不觉得暖过。女孩七岁时，被送去邻村的一家男孩家做童养媳，那男孩比女孩大 2 岁，从小就有精神病，时好时坏。好的时候会和女孩一起玩，坏的时候就会拿棍子打女孩，狠狠地打女孩，打得女孩满地翻滚。女孩 13 岁那年，男孩家居然安排女孩和男孩圆房，在圆房的前一个晚上，女孩跑了。

讲到这里，她忽然就不讲了。

小魏问，那女孩 13 岁以后呢？

她忽然一笑，说，没有了。然后她站起身，跑到吧台前，又问招待要了杯酒，然后看也不看，就一饮而尽。

这段时间的贩毒比较猖獗，很多地方都出现了毒品，但除了抓到几个小角色外，一无所获。小魏接到局里的电话，说可能是大毒犯王老黑在动作，但暂时还没找到罪证，局里要求小魏要盯住酒吧等场所，伺机寻找证据。

小魏隐隐感觉与她有些关联，有次，小魏试探性地悄悄问她，有货没？她却笑了，反而说，我可是良民啊，犯法的事我可不做的。

几天后，一个中年女人带着一大帮人来酒吧找她，口口声声说她迷惑了女人的男人，要砍了她。还好小魏帮她从后门逃脱。小魏认识那个女人，是王老黑的老婆。

事后，她请小魏喝酒，感谢她救她一命。

她又喝了很多的酒，她问小魏，你是不是觉得我很坏？

小魏想了想，说，很多时候，人都是没有选择的。但我想，有时候也可以改变。

她没说话，但她看向小魏的眼睛，很亮。

之后的一个晚上，她摇摇晃晃闯进酒吧，脸上，带着她从没有过的慌张，两只眼睛也是左顾右盼着，似乎在找寻着什么人。

直至看到小魏，她才稍稍镇定了些，她三步两步来到小魏跟前，阴暗的酒吧灯光下，她的脚步显得极其不稳。

来到小魏跟前时，她忽然轻轻说了句，别看我，我有一份东西给你，这份东西或许对你们有用。小魏看了她一眼，然后接过她怀里拿出的东西，很隐蔽地藏在身上。

小魏还想问什么时，她却又摇摇晃晃地起身，又是跌跌撞撞地出了酒吧的大门。小魏想拦也拦不住。

小魏匆忙拿着东西回到警局，打开东西一看，居然是一份资料。资料上，清晰地记录着王老黑贩毒的条条目目，包括交易地点、交易人等，足够将王老黑缉拿归案。

看着这些资料，顿时就想起了她，小魏隐隐感觉有些不妙。

小魏匆忙带人赶到王老黑在郊外的别墅，迅速抓获了王老黑和已被打得遍体鳞伤的她。

回到局里，小魏打开电脑，无意中看到一段关于夹竹桃的文字介绍：夹竹桃，性喜充足的光照，温暖和湿润的气候条件。本身无毒，只因吸收空气中的各种毒素，而变有毒。

◀ 城市里的树

　　小学三年级那年，我搬了个新家。我们来到了城市，城市与我们乡下完全不同，乡下有无数的树木，花朵，还有麦子，稻子。来到了陌生的这里，我忽然就感到了一种孤单，还有无所适从。

　　一个休息天，我做完作业，百无聊赖地在马路上走。然后我就发现了一棵参天大树，站在树下往上看，能看到密密麻麻的枝丫，笼罩在我的眼前。树离我的新家不是很远，走个十几分钟就到了。我很好奇地看着这棵树，想象着它到底是长了多少年，又到底是有多高。

　　在那里，我看到了许多其他的孩子，差不多是和我一般大的年纪。一个个地争先恐后往这树上爬，边爬边在相互取笑逗弄着。我看到有一个孩子爬到了很高很高的位置，这很了不起。在乡下时，我也爬过树，但我没有爬得太高。因为有一次，我爬得很高时，被父亲发现了，那真是好一顿的打啊，火辣辣地让我足足疼了一星期。

　　有一个男孩子看见了我，问我叫什么，我说我叫张非。男孩子说，他叫刘睿。男孩子还把其他几个伙伴介绍给了我。刘睿说，以前好像没见过你啊？我说，是的，我是新搬来的。刘睿又说，你会爬树吗？我说，会，以前我也爬过。刘睿说，那我们比赛吧，看谁能爬到最高。尽管有些胆怯，我还是爬了。爬得不高，刚过两个树杈的位置，我就停了下来，不敢再往上爬了。

以后的每个休息天，我们都不约而同地来到那棵大树下。大树下还有一大片的草坪，爬累的时候，我们就会下来坐一会。开始几次，我都爬得不高，一是怕挨打，二也是真怕，怕爬太高，我再望树下，会不由自主地犯晕。而刘睿的胆子很大，好多次都是一马当先，第一个上树，爬得也是最快，滋滋溜溜地像只灵巧的猴子一般往上爬。而我们只能跟在后面，紧随着往上爬。

树的最高的位置，刘睿还是没爬到。要爬上去，需匍匐地爬过一段光溜溜树干，这个难度是相当大的。刘睿试了几次，都没成功。其他人也都试过，也是不敢，毕竟是太高了，而且，也需要持续性的体力。刘睿很认真地说，谁能爬到最高位置，我们就拜他做老大，可好？我们都说好，但还是没人能爬上。

爬树的好处，是让我在城市里找到了这么一块可供玩耍的地方，还有一个，就是让我结识了那么几个朋友，好朋友。

那个上午，真的如同噩梦一般。

我们几个人还在树下的草坪上坐着玩耍的时候，突然像是地震一样，整个大地莫名地有些抖动了起来。然后，我们看到了一台巨大的吊机，正轰隆轰隆地朝我们这边驶来。随着吊机一起走来的，还有一群戴着安全帽身穿工作服的男人。

一个像是领头的男人喊了一声，几个小孩，赶紧走开！

刘睿胆子还挺大，说，你们要干吗？

男人说，我们要砍树，你们快走吧，别妨碍我们干活。

我们一愣，说，砍树？这树这么好，怎么可以砍呢，我们不走！

男人冷笑着，看我们一动未动，就想指挥几个工人把我们带走。几乎是不约而同的，我们几个伙伴猛地就爬上了树，刘睿还是在前面，我紧随在后，我们一个一个奋力地往上爬。

男人显然是被我们的行为吃了一惊，忙喊身边的工人，赶紧把他们拽下来。几个工人应声上了树，把趴在后面的几个伙伴给拉了下去。

只剩下刘睿和我还在往上爬了。

那几个工人似乎也挺能爬的，眼瞅着我们已到了树的第二高的位置，还是不保险。刘睿咬着牙想往最高处爬，没爬上。不知是从哪来的勇气，我说，我试试吧。也不等刘睿回答，我匍匐地就上了树干，眼睛不由自主地看到了树下，有些犯晕。我摇摇头，让自己不看下面，用尽全力地往上爬。终于，我成功了，我虚脱样站在了树的最高位置。我看到刘睿被工人带了下去，几个工人试着想再往上，但没成功。我像个骄傲的将军站在那里，得意地看着他们。

最终，他们还是用吊车，把一个工人吊了上来，然后把我给带了下去。我满心地沮丧，我愤愤地想，为什么树就不能长得更高一些呢。

刘睿他们向我竖起了大拇指，这是尊我为老大的标志。但我

抬头看啊看星星

的心头并不高兴，反而是愈加变得沉重。

再一次去时，那里已经被厚厚的围墙给圈起来了，站在围墙外，我能听到里面一阵一阵机器的轰鸣声，不断敲击着我的心田。

没有了大树，我再没见到刘睿他们。无聊时，我总是站在新家封闭的阳台前，一栋栋高耸入云的高楼早就阻隔了向外眺望的视线，我看着，想着自由自在的乡下，心头又开始不自觉地孤单起来。

◀ 发·冷

发

刘幸福已经不记得有多少天没有顾客上门了。

刘幸福只知道，自己那把祖传的剃头刀具，也都快锈了。

刘幸福轻轻叹了口气。

趴在简陋的理发店里那张破落的沙发上，不知不觉间，刘幸
福就沉沉地进入了梦乡。

在梦中，刘幸福不自觉就回归到了若干年前的那个年代。

那个时候，刘幸福还很年轻。

那时的刘式理发，名扬百里，甚至更有百里之外的顾客慕名
而来。

而年轻的刘幸福，早早就继承了刘式理发的衣钵。

年轻帅气的刘幸福，更是所有目光的聚光点。

很多人要来理发，是要预约的。

因为想理发的人实在是太多了。

排队的人一直要排到百米之外。

熙熙攘攘的人群，常常让刘幸福忙得喜笑颜开。

不知不觉间，刘幸福就醒了过来。

醒过来的刘幸福看到的还是冷冷清清地一间简陋的理发屋。

刘幸福看了看表，都快五点了。

看来，今天是不会有生意上门了。

刘幸福刚准备关门时。

就看到有一个人远远地朝这里奔来，边来，边喊着，刘师傅，请等等——

刘师傅？

刘幸福暗自苦笑了笑。

好久没人叫过这个称谓了。

那人走近了些。

刘幸福认出了来人，是老主顾老张头的儿子小张。

小张气喘吁吁地跑来，还没停下来，就拉着刘幸福要走。

刘幸福刚想问什么。

小张说，刘师傅，您就别问了，拿着您的刀具，赶紧上我家去吧。

刘幸福点了点头。

刘幸福预感到了什么。

老张头可有些日子没来这里理发了。前几天自己还正纳闷着呢。

还记得，年轻的时候，老张头可是他刘式理发狂热的追逐者啊。

那时的老张头不叫老张头，叫张英俊。张英俊是他的学名。老张头的脸也正如他的名字英气逼人。

想着，刘幸福的脚步就加快了许多。

冷

前前后后走了有个十来分钟的路，就到了老张头的家。

老张头的家一如悄然逝去的年华一样古老，沧桑。

小张引着刘幸福进了老张头住的那间屋。

刘幸福进了屋，就看见老张头，正靠在他里屋的炕上，抽着他那根抽了一辈子的旱烟。

老张头的脸看上去有些苍白。

见刘幸福来了。

老张头微微一笑，说，老伙计，你来了啊？

刘幸福点了点头。

生意可好？老张头说。

刘幸福苦笑了笑，说，不好。

老张头看了刘幸福一眼，很认真地说了句，想没想过把理发店给关了呢？

刘幸福想了想，还是觉得心有不甘，犹豫片刻，还是摇了摇头。

老张头看到刘幸福固执地摇着头，又笑了，说，你可真是个老顽固，你也不想想，你都快七十了啊。

七十？刘幸福默念着这个数字，忽然发觉，这个数字听起来真的是好古老啊。刘幸福的眼前忽然跳出了一匹年迈的老马疲惫

抬头看啊看星星

的神情。刘幸福不觉心头有些黯然。

刘幸福还想和老张头说什么。

就看见老张头的神情忽然变得有些委顿。

人也明显疲惫了许多。

刘幸福刚想说什么。

老张头的脸上突然堆出一丝笑，那笑，更比哭还难看。

老张头指了指头上那如雪一样白的发丝，说，介不介意给我理一次发？我这辈子最后一个心愿就是能再享受一次刘式理发。

刘幸福忽然发觉自己的喉咙顷刻间哽咽了。

深深地看了老张头一眼，刘幸福就从随身带着的背包中拿出了刀具。

老张头是背靠在墙上理发的。

刘幸福发觉自己第一次这么认真地理一次发。

刘幸福没有注意到老张头的眼睛是什么时候闭上的。

刘幸福走出屋子时。

身后是一阵嚎啕大哭。

刘幸福义无反顾地走了出去。

刘幸福想，今天，是我最后一次理发了。

店。该关了。

◀ 我要读书

一早 5 点。天还是漆黑一片时,招弟就起了床,先洗衣服,水有点凉。招弟放入水中的手,放了进去,又缩了回来。咬咬牙,又放了进去。洗完衣服,就是煮饭了,还炒了两盘菜。看看时间,差不多都过七点了,就去喊爷爷奶奶起来,又喊弟弟小龙起床。

招弟 9 岁了,该是上学的岁数了。但招弟上不了学,她要留下来照顾弟弟小龙,还有年迈的爷爷奶奶。

爸妈不在家。都在千里之外的繁华都市打工,一年难得回来一次。甚至,一年就不回来了。回来要花钱,赚钱不容易。而且,逢年过节人又多票不好买,平时又舍不得停下来,一停停掉的可都是钱啊。

爸妈说,招弟,等弟弟上了学,你再上学吧,爷爷奶奶年纪也大了,照顾不了你弟弟。

招弟很懂事地点头,说,爸妈,我知道。

弟弟小龙,6 岁了。从小龙 3 岁的时候,爸妈就离开了家。那时 6 岁的招弟,就开始学着开始照顾弟弟了。譬如洗衣服,一开始招弟的小手，怎么也拧不干衣服上的水，甚至有些衣服，沾满了水就显得有些沉重，怎么拿也拿不起来。招弟的一张小脸就涨到通红，用尽全身的气力去把衣服拿起来。还有煮饭、烧菜。煮饭还好，只要把米淘洗好，倒进锅里放进水即可。唯一麻烦的是，烧饭的灶台有点高了，必须搬一张小凳子。招弟小心翼翼地站在凳子上，两只小手用力把米倒进锅，然后再合上。再是洗菜、烧菜，是最难的。油炸开的时候，招弟躲闪不及，小手就被烫出许多小红泡泡，有盈盈的泪珠在眼中打着转。招弟咬咬牙，狠狠地擦拭了一把，脸上带着无比的倔强与坚强。

村里有好几个，与招弟一样年纪的小伙伴。有男孩，也有女孩。他们每天早上，都会蹦蹦跳跳，精神饱满地跑着去上学。回来时，脸上也总是带着笑容。他们看招弟空时，会和她聊一些学校里的新鲜事儿，还有每天学到的什么事儿。有一个叫大刚的小朋友，还和招弟很认真地说，我将来要做工程师，去大城市，造大桥，飞机……招弟听得很新奇，她不知道什么是工程师，大城市她知道，爸妈就在那里，她知道，城市一定很大，不然爸爸妈妈怎么就回不来呢。还有大桥，她没见过，村里的独木桥，她经常走，有一次，走得不稳她还差点掉进了河里。飞机，她不知道，什么是飞机呢……

还好。这几年，算是撑过来了。

过完年，弟弟小虎 7 岁了。爸爸妈妈也从千里之外的城市赶了回来。7 岁的小虎要上小学一年级了。招弟 10 岁了。也上一年级。想着伙伴们说的，学校里发生的那些新鲜事儿，对于学校，招弟心头充满了无比的期待。

这一年的夏天。天气很热。整天坐在家里期盼着 9 月快点到来的招弟，猛地听到门外奶奶的摔倒声。村里的叔伯们，帮着把奶奶一起送到了医院。脑瘫！奶奶生活突然就不能自理了。爷爷蹒跚着去医院看望奶奶的脚步，看着也让人辛酸。

爸爸妈妈赶了回来，又赶了回去，拉着招弟的手，说，招弟，你再晚一年上学吧，爷爷身体不好，奶奶需要人照顾。招弟想说，不行。但嘴动了动，头猛地就点了点。

9 月。看着弟弟小虎高高兴兴地上了学。招弟心头猛地有种酸涩感。还好妈妈说过，就一年，熬过这一年，她就回来帮忙照顾奶奶了。

这一年。真的是无比漫长的一年啊。

眼瞅着又一个夏天到了。妈妈也打来电话，说要回来了。招弟 11 岁了。11 岁上一年级，别人会不会笑自己呢。

夏天到来的时候，妈妈果然回来了。爸爸也回来了，是送妈妈的。妈妈是挺着个大肚子回来的，走起路来一摇一晃的。爸爸待了三天就走了。临走时，爸爸拉着招弟的手，说，招弟啊，你暂时别去上学了，留下来，帮着妈妈一起照顾肚子里的弟弟妹妹，好吗？爸爸没说招弟要照顾到什么时候，也没说招弟什么时候可以去上学。

这次，招弟没说话，也没点头，眼睛中微微有泪花在闪动。

◀ 风华正茂

宋文化站在自己办公室的窗台前，木然地站着，许久没有转过身。

有些事，做过了，真的是无法再回头了。

窗台前，走过几个风华正茂的年轻人。宋文化看着他们，就仿佛看到了若干年前的自己，也是这么年轻，年轻就是财富，年轻的宋文化，每天仿佛都有使不完的劲儿，单位里需要做什么，搬什么东西。宋文化总是冲在前头。

那个时候，自己真的是太单纯了，干活真的也就干了，哪想过什么其他的事儿呢。

也正因为那时的单纯，做领导的也心胸宽广，几次见宋文化一马当先，卖力地干活。领导就把宋文化给叫了过去，拍拍他的肩，说，小宋，我看你小伙子人不错啊，做什么都不惜力，是个能干事的人啊。

宋文化就有些不好意思地摸了摸自己的后脑勺，说，领导，我觉得这并没什么啊，这些都是我应该做的。

领导点点头，说，好样的。

事后不久，领导就给宋文化提了干，领导在干部提拔会上说，这样的年轻人，我们怎么可以把他给轻易埋没呢。

宋文化的整个人生，从哪一天起，似乎就成了一个转折。

接下去的日子，对宋文化而言，真像是一个坦途。

可宋文化虽然提了干，但并不觉得提干就有什么了不起，以前做的事儿，他还照样去做。宋文化觉得，他从小接受的教育，不就是要为人民服务吗？

宋文化已经提了干，还照样干活儿。那这样的意义就不同了。

领导再度把宋文化给提拔了。

宋文化就像是被坐上了直升机一般，扶摇直上。短短三五年，就上升到了一个同龄人所无法企及的位子。

坐在了那个位子。宋文化已经不能像以前那样，帮单位去干活了。

每次，宋文化刚想上前去搭把手，都会被底下的人给拦住了，底下人恭敬地看着宋文化，说，怎么能让您亲自干呢，您这样不是让我们心愧嘛。宋文化笑笑说，没事的，其实我对干这些活儿都习惯了。

然后是领导来了，领导又把宋文化叫去了办公室，拍了拍他的肩。这次，领导并没说出以前那样赞赏的话儿，领导只是说，小宋啊，你现在也算是个骨干领导了，要注意，注意你自己现在的身份。

宋文化"哦"了一声，有些明白，又有些不明白。

以后的岁月，以后的人生，就像是一辆刹不住的车一样。全都变了。

有下属上宋文化家来拜访，买了一大堆的东西，宋文化面色一紧，说，谁让你带东西来的，拿回去。

下属苦着脸，就走了。

再有下属上宋文化家来拜访，买了一大堆的东西，宋文化面色一紧，说，谁让你带东西来的，拿回去。

下属苦着脸，又走了。

宋文化不收礼，不表示别的领导不收。

宋文化老婆说，你咋那么死心眼呢，只要你不做亏心事，收也就收了，多少都是你下属的一片心意嘛。

宋文化点点头，再有下属上门，也就收了。

宋文化手上正负责着几个单位的大项目。

有要做项目的老板来办公室，老板走时，留了一个鼓囊囊的大信封。宋文化看到了，喊，拿走。

老板尴尬一笑，就走了。

又有要做项目的老板来办公室，老板走时，留了一个鼓囊囊的大信封。宋文化看到了，喊，拿走。

老板尴尬一笑，也走了。

宋文化不收大信封，不表示别的领导不收。

有亲信下属说，领导，其实这项目给谁不是给啊，大信封又不是你去讨要的，是他们心甘情愿给的。只要项目不出问题，就啥问题都不会有。

宋文化点点头，再有老板上门，也就收了。

宋文化始终有些不明白。

自己这是怎么了，为什么一坐上位子，就什么都变了呢。以前那个单纯、刚正的自己，又上哪去了呢。还有，自己收受的钱物，怎么就越积越累，多到令自己都感到瞠目结舌的数字了呢。

窗台外，已有检察院的车子轻轻停了下来。

宋文化叹一口气，该来的，总会来的。

宋文化看着单位外，不远处的一个广场。

那一年，正是站在那里，宋文化挥汗如雨，不遗余力地卖力干着活儿。

◀ 出人头地

李晓李强是一对双胞胎兄弟。李晓为哥，李强为弟。

哥俩的童年都比较困顿，穷，饱一顿饥一顿的。就这么过去了一些年，哥俩都长大了。长大后的哥俩有了不同的价值观。

李晓的想法很简单，能过上平平淡淡的日子，不再饿着冻着就知足了。李强却不，李强发觉自己真的是穷怕了，李强说，他要让自己变得富足起来，他要出人头地。

哥俩大学毕业后，李晓进了一家不大不小的公司，做了名普通的员工。李强也进了一家不大不小的公司，但李强没待满三个月，就辞职了。李强觉得，这个公司对他而言，没有任何前途。

几经周折，李强通过自身的努力，进了一家大型的国营大公司。在那家公司里，李强发挥着自己全部的心力，短短一二年间，李强就当上了主管，薪金也随之水涨船高。可在那个公司刚待满三年，李强还是辞职了。李强发觉，若再要做上去，就太难了。国营大公司是一个萝卜一个坑，上面没人退休，那自己就绝对不可能升上去。李强等不了。

李强最后决定，还是自己干吧。也只有自己去干，才更容易出人头地。李晓跑去劝李强，说弟啊，国营大公司不是挺好的吗？薪水也那么高，自己干风险太大了。李强只是微笑，李强骨子里有些不屑于李晓的想法。李晓在那个公司，都三年多了，还是名普通员工，真想不通他还做得那么怡然自得。

李强还是把公司开了起来，尽管规模并不大，但李强有信心做好。公司就像是一叶小舟，在浩瀚的大海里不断地遭受着海浪的侵袭。有过若干次，小舟差点被强大的风浪给掀翻，但李强硬是一次次把公司从死亡线上拉了回来。那几年，公司在不断地沉沉浮浮。躲过了几次风浪，居然开始慢慢壮大起来了。这与李强想出人头地的预期，愈加近了。

那几年，李晓还是老样子，还在那个不大不小的公司，做着一名普普通通的员工。唯一的变化，就是李晓结婚了，还有了个可爱的儿子。李强参加了李晓儿子的满月酒，可酒还没喝几句，电话就来了，李强忙放下酒杯，风风火火地跑了出去。

公司上了规模，李强就更忙了。李强招了许多员工，但李强凡事都喜欢亲力亲为。李强总觉得，只有自己出马了，要谈的生意才能真正谈下来。

比如一次，千里之外有一单数额并不算大的生意，但那是个大客户，若这笔生意能做成了，以后的生意就会接踵而来。李强就让秘书订了机票，当天一早马不停蹄飞赴千里之外。下午，李强又是急急忙忙地回到机场，坐飞机又从千里之外，回到自己的那个城市。当天晚上，还有几家企业联合办的晚宴，在晚宴上，能认识许多生意上的伙伴，李强必须参加的。

有时，李强发觉自己是个陀螺，绳子一松，陀螺就转动起来，永无停歇。

那一天，李晓带着三岁多的儿子去看李强，李晓让儿子叫李强小叔。儿子怯生生地叫了一句，李强还没答应，办公桌的电话就响了。李强忙接电话。电话一接就是半天，李晓也是等了半天，好不容易挂了电话。李晓说，弟，我看你是真累，没必要那么拼的，你该好好地讨个媳妇生个孩子了。李强听着，只是笑笑，没说什么。

在后来的很长一段日子里，李强的公司就像吃了兴奋剂一样，扶摇直上，俨然成为当地的利税大户之一。

李强因此把公司住址搬到了市内最繁华的地段，站在几十层高的大厦里，就着光洁如新的玻璃俯视着楼下的一切。

李强正看着，忽然觉得头有些晕，继而天旋地转起来了。李强忙摁了秘书的电话。

救护车很快就将李强送至了医院的特护病房。

查出来的结果并不乐观。那个戴白大褂、稍有些胖的医生说，是积劳成疾引起的，能不能治好都能难说。

匆忙赶来的是李晓和他的儿子，李晓拉住医生的手，湿着眼说，您一定要治好我弟的病啊，求求您了。

李强躺在病床上，发觉都有些认不出李晓的儿子——差不多有李强高了。想来，该有十五六岁了吧。若是自己当年也结了婚，孩子，不知道会有多大了。想着，李强把李晓唤到了床边，问李晓，哥，你说，我现在算不算是出人头地了呢？李晓还没说话，李强忽然就转过脸去，有泪，悄然落下。

◀ 我帮你取号

王朝和马寒是对好朋友。

王朝病了，马寒也病了。

王朝病得不是很重。医生说，你要注意饮食习惯，注意多锻炼。若你恢复得好，就没事了。若不好，你半年后，就来开刀吧。

王朝不想开刀。王朝知道，开刀麻烦。王朝就很注意饮食习惯，油腻的不吃，辛辣的不吃，海鲜不吃，荤腥的尽量少吃。不过，王朝发现自己锻炼不了。每天是朝九晚五地上班，忙忙碌碌地坐车赶车，哪还有时间锻炼啊。碰到休息天，王朝睡觉就睡到很晚，就更别提去锻炼了。

马寒的病，也不算重。但比较麻烦。医生说，你可以尝试着用针灸，我帮你推拿一下。不过，你需要每个周一到周五，都来医院，挂号。马寒说，好。好了之后，又有一个问题了，就是马寒要去的医院，有些远。医院里每天挂号的人，又特别多。马寒看的是下午的医生，但上午就可以取号了。如果马寒下午一点赶过去取号，估计轮到看上，也得要六七点了。王朝上班的公司，离医院近。马寒说，王朝，你每天一早，帮我去取号吧？王朝说，好。

于是，就由王朝，每天一早提前到了单位，然后走路去医院，帮马寒去取号。到了中午，马寒快到医院时，就打王朝电话，王朝就出公司，到医院给马寒送号。

一开始，王朝也不觉得累。

和马寒那么多年朋友了，这么点小事，还是应该帮忙的。

可难就难在天天要去拿号。从王朝的公司，到马寒看病的医院。说近。确实是近。走三条马路，单趟大概15分钟左右。再走回来，又是15分钟。早上一次，来回半小时。中午一次，来回半小时。

一天两天，王朝真不觉得累。王朝觉得是应该的。

一星期两星期，王朝不觉得累。王朝只是觉得有些麻烦。

一天早上，外面下着瓢泼大雨，王朝打马寒电话，问马寒，你今天还要去医院吗？王朝明是打马寒电话，询问他去不去。实则是不想去给马寒拿号了，这么大的雨，怎么走出去啊。王朝是坐车到公司的。车站到公司，就那么几十米的路，都让王朝淋了一头的雨。马寒说，去啊，医生关照我，要每天都去的。马寒没有说，不要王朝去拿号了。王朝当然也不能说不去拿号，王朝是不好意思说。王朝看着外面的大雨，咬了咬牙，还是冲了出去……

马寒的病的时间够长的，从春天，转眼就到了夏天。

夏天的室外，出奇的热。

王朝一早去帮马寒拿号，没走几步路，就是满头大汗。大中午的，太阳火辣辣地晒在水泥地上，泛着灼人的滚烫。王朝接到了马寒的电话，说他下地铁了，现在正往医院走。王朝想说，外面太热了，要不你来拿吧。但王朝没说，王朝不知道该怎么说，也不知道该不该说。马寒没说，他能说吗？王朝想。咬了咬牙，王朝只说了一句，我马上就来。

那一段，王朝发觉，和马寒之间的感情，隐隐也有了些变化。

以前，双休日，王朝去马寒家玩时，都会显得很自然。这几次，马寒邀王朝时，王朝都会推说没空。其实，王朝并没别的事儿。王朝以前也常邀马寒去玩，但这次，有一段日子，王朝没邀请马寒了。王朝发觉，自己突然就不想请马寒了。说不清的原因。王朝不知道马寒有没有发觉。

好像是没有。

因为马寒还在每个周一至周五，打电话给王朝。然后，王朝接了电话，就跟着去取号。

眼瞅着半年就快要到了。

那天，不知道是怎么的。也许是王朝的工作出了点小岔子，心情不是很好。临马寒打来电话时，王朝莫名地发了一通火，取号，取号，你烦不烦哪！马寒没说什么，就挂了电话。那天，王朝没有去给马寒取号。后来的几天，马寒没再打电话给王朝。王朝也没再去给马寒取号。

半年时间到了。

王朝怀着忐忑的心，去了医院。医生给王朝很认真细致地看了一遍，说，小伙子，看来你这半年很懂得锻炼啊。王朝摇摇头，说，我没有啊。王朝想了想，问医生，走路算不算？医生说，当然算哪，走路可以调节全身各器官的功能，促进新陈代谢。不过，虽然你这病是好了，但最好，以后你还是要勤于锻炼。王朝点了点头，明白了。

第二天一早，王朝主动给马寒打了个电话，说，我一会儿帮你去取号吧。

马寒似乎停顿了一下，说，好。

王朝说，谢谢你。

然后轻轻地挂了电话。

◀ 忘
········

张三这人的忘性是出名的大。

也怪他太忙。张三是一家知名外企的经理，每天有一大堆的事等着他去处理，一忙起来就有些顾前不顾后了，往往做了这个就忘了那个。

比如一次，张三早上开着会，会开到半晌，临时接了个客户的电话，那客户的事还真是个麻烦事，而且还非张三亲自去解决不可。张三不得不延迟了开会的时间，张三忙东忙西的，忙了好半天，才把客户的事解决掉。解决完，已过中午，张三就把会议安排在了下午，下午一开，七七八八的杂事一汇报，就是半天，张三边开，电话还不停在响，张三一心做着两用，左耳听着开会内容，右耳接着电话。

会开完了，张三就忙不迭地去安排解决刚才电话里那些事情。把那些事解决完后，已经快七点了，天已透着黑，张三刚想松了口气，忽然又隐隐发觉自己似乎还忘了什么没去做。可张三想了半天就是愣没想出来。

正想着，电话就响了。张三接了电话，然后电话那端就传来老总气急败坏的声音，老总说，那个欧洲大客户需要的资料你怎么还没传过去啊，昨天不是再三关照过你嘛！你差点误了大事，你知不知道……好不容易挂掉电话，张三忍不住就抹了一把冷汗。那个欧洲大客户可非同小可啊，怎么把这事给忘了呢。张三懊恼了半天。

为这事，老总差点没把张三给开除了。

还有一次，张三一如既往地忙着一天的活。中途接了若干个电话，但张三一直没忘了今天是有一个比较重大的使命。快到中午时，张三突然就碰到一个极为棘手的事，这个事让张三极为烦心，张三不得不全力以赴地去把这件事给完成了，在忙的过程中，为了不受外界干扰，张三还特意把手机调成了静音。好不容易把事忙完了，张三就想起了今天似乎有件啥事吧，具体又是什么事呢？张三摸了摸自己的脑袋，愣是没想出来。张三去摸出自己的手机时，就看到了显示着无数个未接电话，张三还看到大部分来电都是来自同一个手机号码。张三想起来了，今天是他和刘美丽千挑万选约定去领结婚证的黄道吉日啊。

张三赶紧拨通了刘美丽的电话，电话响了半天就愣是没人接。张三忙出了公司的门，驱车就赶去了刘美丽的家，然后就看到一个哭肿了眼的刘美丽。张三为此道歉了半天，最后，结婚证是领了，可刘美丽为这事一直和张三别扭着。

为这两次忘记的事，张三特意还去买了一本笔记本，张三把笔记本紧紧地带在身边的公文包里，还把自己每天要做的事都记在笔记本上。这样张三一忙到没头绪时，就去翻笔记本，一翻，就知道那一天该做啥做啥了。

还别说，这样的效果还很明显的，张三为此几乎没再忘过什么事。就连老总也直夸张三进步了，甚至还说要给张三加工资。

可智者千虑，还是必有一失啊。

那天一早，张三临时换了个新的公文包。到了公司才发现，自己那本笔记本忘记从旧的公文包放到新的公文包里了。张三也想过去家里拿，可公司到家里还是有一些距离的。身边少了那本笔记本，张三就发觉自己像丢了魂一样，没了方向。张三总感觉自己今天有一件什么重要事情记不起来了。熬到中午时，张三终于还是坐不住了，张三打定主意回家去拿。张三开着车就上了马路，这天的路还出奇地堵，开了老半天，眼看就要到家时，张三不经意地掏自己的口袋时，就翻出了口袋里的一张机票，张三顿时就想起来了，张三忙去看时间，一看时间，张三额头上的汗就落下来了。现在已经 12 点 44 分了，原本张三是要搭乘下午 1 点的飞机去北京签合同的，而这里到机场，起码要 20 分钟啊。可这个合同非同小可啊，若耽误了这事，将给公司带来极其巨大的损失啊。张三的眼前，顿时就跳出了老总愤怒的眼神。张三已不再多想了，张三把车速开到了极限，像一阵风一样急速向机场赶去。

可眼看快到机场时，张三就看到一架刚刚起飞的飞机，张三一看时间，已经 1 点 03 分了。张三就停下了车，像是一个泄了气的皮球一样趴在了方向盘上。完了，全完了。

然后张三突然听见半空中一声巨大的爆炸声，张三看到那架刚刚起飞的飞机火光黑烟弥漫，直直地往下坠。张三都有些看傻了。

　　在晚上的新闻里，播报着本应张三乘坐的飞机遭遇突发事故的事，飞机上除少数人获救外，大部分人都不幸遇难……

　　张三闷闷地看了半天，然后关了电视，一个人坐在窗前发呆。

　　事后，张三扔了那本笔记本，从此不再做类似的记录。张三还是一如以前的忘性不减，但再没人敢评说张三的忘性了，你一说，张三准会瞪着眼跟你急！

◀ 找同学他哥问个相

一天，我去一个小城找一个老同学。

刚下汽车，就听见路边有人在喊，半仙，半仙，预测过去将来，不准不要钱啦。像这种坑蒙拐骗的我听得多了，也没多在意。我回头，正好看到那个人的面容。我不由乐了，这不是我那同学他哥吗？

别看他哥今天打扮得像个古代的居士一样，穿着一个奇大的道袍，显得有些不伦不类的，还是被我认了出来。我忽然想和他开个玩笑。他哥以前在学校时比我们高一年级，没事时就喜欢寻我们开心。他哥俩长得还蛮相像的，所以我一眼就认出了他哥。于是，我装作一本正经地走上前，说，师父，要不您帮我算算吧？他哥显然是没认出我来。他哥瞧了我一眼，似乎显得很不屑的，说，把手伸出来。

我装作小心地问，师父，你说不准不要钱的，是吗？

此刻，我们身边已围了些看热闹的人。他哥淡然一笑，说，那是自然。

说着，他哥还指着旁边的价目标准给我看，冷笑着说，先生，看清楚了，要没钱就忙别的去吧……

我一看那价目，呵，还真不便宜啊。最低 50 元，最高不封顶，一个个名目，倒还真列得清清楚楚啊。

我一笑，从口袋里摸出了一把百元大钞，在他哥面前抖了抖，说，看清楚了，只要你算得对，这钱，可都是你的了。

他哥显得很平静，点着头说，好，开始吧。

我装作认真地问着他，一个一个问题，他哥饶有兴致地给我一一作答。还别说，他哥还真不是盖的，真能像模像样地扯出个一二三四五来。我听着，直点头，看来他哥蒙人的能耐还是有一些的。

到最后，我的确是心服口服啊。

一切问毕，他哥问我，怎么样，先生？我点了点头，刚要掏钱。我又停住了，想起什么似的，问他哥，你认得我吗？他哥忽然一笑，说，当然认得啊。我刚想，不好，居然露馅了，真是半仙啊。他哥接下去又说，你和我说了那么多，还不算认得吗？我不禁有些哑然失笑。

既然都算对了，那就得掏钱了。

我把那沓钱掏出来，数了数，居然正好是两千块。我把钱递给他哥。我以为他哥会有些吃惊，他哥却显得很平静，道了声，谢谢。就把钱拢了拢，收进怀里。

算完命，看时间差不多了，我跑去了老同学家。

老同学见我来了，忙张罗着去准备酒菜。一会儿，菜快摆好时，我问老同学，你哥呢？我哥？你还记得我哥啊。老同学笑了。我笑笑说，别忘了，你哥可从小和我们一起玩到大的啊。

老同学连连点头，忙去拨了电话。

等了半晌，他哥终于"踢踏""踢踏"地回了，我借故进了卫生间。进去前，我笑着对老同学说，上次问你借的钱在你哥手上。老同学满是疑惑地看着我，刚想问我什么。就远远传来他哥兴奋的喊声，说，兄弟呀，我今天算是碰上个冤大头了，狠狠地斩了一笔。

老同学问，哥，你少出去坑蒙拐骗了，还是去找个正经活吧。

他哥说，你懂个屁啊。我今天赚的那笔钱就抵你半个月的工资了。

老同学说，哥，王帅说他要还我的钱，你帮我收着了？

他哥刚愣着，说，没有啊，王帅是谁啊？我忽然走出了卫生间，他哥猛一见我，吓了一大跳，喊，冤，冤大头……我呵呵直笑，说，我就是王帅，大哥不认识我了？

我又笑着对他哥说，忘了告诉你了，给你的两千块是让你转交给你弟弟的，呵呵，开个玩笑。对了，你号称半仙，我以为你都知道呢。

你……他哥显然很生气。他哥生气地把口袋里的两千块钱狠狠甩在桌子上，然后一声不吭就夺门而去。

看他哥生气的样，我忽然在想，我这个玩笑，是不是开大了？我问老同学。

老同学也苦笑。

抬头看啊看星星

◀ 一千二百块钱

　　刘丁剔着牙，从饭店里走出来时，心情可真的是一片大好啊。

　　说起来，刘丁这段日子的运气，可不是太好。就在昨天，刘丁刚刚被从拘留所放了出来。刘丁是一个贼。

　　之前，刘丁有好几天没"出工"了。刚想起干活了，就上了公共汽车。

　　乘着车上人挤人的时候，刘丁的手就进了中年女乘客的坤包内。然后，也真不知道是被怎么发觉的，刘丁的手刚把钱包从包里掏出来。中年女乘客就是一声大喊，抓贼啊，抓贼啊。刘丁一慌，赶紧想把钱包扔掉。可哪还来得及啊，中年女乘客那双肥大的手，紧紧地拽住了他的手。刘丁就很奇怪，这个女人的手，怎么会有这么大的劲儿呢！

　　再然后，刘丁就被扭送进了派出所。因为有前科，被拘留、教育了 15 天，这不，刚放出来嘛。

　　饭店外的夜色，还真的是不错。

　　刘丁摸了摸口袋里，还剩下三百多块钱，再摸摸自己的肚子，想想，自己今天吃得还真不赖，好久没这么放开肚子吃了。看来，还真得谢谢那个打工妹了。

一想到那个打工妹，刘丁就不由想笑。

刘丁从拘留所出来后，上了一辆公交车，车上人并不多，都有座位坐。打工妹就坐在刘丁前边的座儿。

刘丁不明白，是这打工妹太有钱了呢，还是过于兴奋了。居然忘了把包的拉链给拉上。裸露着的包的口子处，能很明显地看到一沓钱。刘丁不知道那些大概是多少钱，刘丁只能看出来，那一张张火红的钞票，都是一百块一张的。

本来，刘丁是不准备在这个车上下手了。刚从拘留所里出来，马上就上"活儿"，是不是会"犯冲"啊。

可那钱，就生生地摆在刘丁的眼前，一直诱惑着他。特别是当坐在刘丁后面的几个乘客，都一个个地下车之后，刘丁就发觉，自己的心真的是痒了，越来越痒了。放着这钱不去拿，真的是心有不甘哪。

本来，刘丁身上也没几个钱了。要不，就算是这钱，问那个打工妹"借"给我的吧。以后若有机会见到，自己手上也宽裕了，就"还"给她。

想着。在临下车之前，刘丁真的就行动了。

很轻易地，刘丁的手指轻轻一伸，那一沓火红的钞票就被摸了出来，进了刘丁自己的口袋。吹了个口哨，车后门打开，刘丁很自然地就下了车。

下车后，刘丁数了数那钱，12张，都是百元大钞，新崭崭，连着号的。真是不少了，刘丁微微一笑，就进了那家让他极为享受的饭店。

夜色下，刘丁摸了摸口袋里剩余的钱，旁边是一条河道，沿着河道边的水泥长廊，常能看到许多人，徘徊在长廊边，或谈情说爱，闲话聊天，又或是嬉笑怒骂。

但今晚，刘丁走了一段，发觉就走不过去了。

一侧的长廊边，拥满了围观的人群。

刘丁有些不明白，是什么让这么多人那么有兴致地围观着看哪。因了好奇，刘丁挤进了人群，很想去看个究竟。

走到最深处时，透过长廊边侧的路灯微弱的灯光，刘丁就看到，是一个人，躺在了长廊边的地上，一动不动的。看得出来，这人像是刚从河道里打捞出来一般，全身闪着湿漉漉的光泽。

再走近些时，刘丁几乎就被吓了一大跳。

那躺在地上的那个人，竟然就是那个打工妹。

人群中有人在嘀咕着，说，我眼瞅着，这女孩子站在长廊边，好像心事重重的样子，嘴里似乎是在念叨着一千二百块钱什么的。后来，不知怎么的，这个女孩子一仰身，就跳进了河道里……

有警察过来了，把人群往外赶了赶。

还有像法医一样的人，走近了打工妹。最后，刘丁看到，法医居然是在摇头。

那一刻，刘丁发觉，自己的整个脑袋，都像是要被炸开一样，他不明白，为什么一切会变成这样。就这么的一千二百块钱，就给葬送了一个鲜活的生命，自己的这个罪孽，可真的是不轻啊。

站在长廊的一角，刘丁呕个不停，像是要把自己的心肝脾肺肾全给呕出来一般。

◀ 过　程

他觉得自己的生活就像白开水一样清澈见底。

他每天上班下班，吃饭睡觉，放屁撒尿。早上6点起床，做饭烧开水，洗脸刷牙。7点刚过，他就得扔下碗筷，拽起包匆匆往外跑。路远，他不得不提早去乘车。到了公司，他先擦桌子、洗杯子。然后倒好开水，打开电脑，开始他一天的工作。

他觉得自己就像是一个钟摆一样，每天周而复始，复始周而，重复再重复。

有一天，他忽然觉得这样的过程有些无聊，无聊得让他觉得每时每刻都像是在挥霍着这个生命的极限。他想，是不是该改变些什么呢。

他想到了退休。可按他的年龄，离退休也还有十多年的差距。也就是说，他还要以这样的方式再重复这十多年。

那是一个多么漫长的十多年啊。他觉得这样过的每一天，都像在过一年那么难熬。那这样的十多年，又该会有折合多少天的多少年啊。

他不自觉地有些心灰起来。

他记得他曾经有过很多的计划和打算。他计划花一个月的时间爬完珠穆朗玛峰，再乘火车去西藏逛一圈，还可以去看看美丽的西双版纳、丽江等。可那些都只能成为一个梦想，他根本没时间去。公司忙，他每天都有忙不完的活，他休息了，没人可以顶他。

他真的是累了。他想了一夜，他把他所有的计划都好好梳理了一遍。他要结束他现在的周而复始，然后就去周游列国，如果费用足够的话，还可以往国外跑跑。

第二天一早，他临近6点半才起了床，在老婆惊讶的眼神中不慌不忙地去洗脸刷牙，7点的时候，他刚把脸擦好。然后慢条斯理地去给自己盛饭，再慢慢吃着。

快8点时，他才拎着包去上班。

到公司时，已经9点半了，他迟到了。他微笑着面对门卫惊讶的目光，这么多年来，他还是第一次迟到。他是公司里有名的准时。

他刚坐到座位上时，就被主管叫住了。满脸怒意地主管瞪着他，问他为什么迟到了？他一直微笑着，却不说话。主管又安排他做一些额外的活，一个和主管有些暧昧关系的女同事常把一些活扔给主管，主管就常安排给他做。以前，他总是忍气吞声地去做。而今天，他拒绝了。主管惊异于他今天的拒绝，刚想再说什么，他说了句，没其他事，我回自己座位上去了。说完，他也没等主管有什么反应，径直就出了办公室。

下午时，经理找上了他，告诉他主管反映他最近工作不是很踏实，问他是不是有别的什么想法？他知道那是主管在恶意报复他。他本来不多说什么事情也就这么过去了。可他忽然想到了别的什么，于是他说，是，我是想辞职。

经理有些发愣。在这个公司，属他和经理工龄最长了。经理面色变得凝重起来，问他，你都想好了吗？他点头，说，是。我都想好了。

那好，经理有些惋惜地点着头，叹了口气说，好，我一会打电话给财务部，把你的工资结清了。你在公司这么多年了，我会安排多给你三个月工资。

经理还说，以后有什么需要，可以来找我。

他说，好。他感谢着经理。

走出公司大门时，他顿觉闷在胸口的那一大片乌云似乎都一下子就被抛到了九霄云外一样，眼前全是灿烂。他几乎是笑着跑回来的。他从没那么早到过家。

以至老婆回家时，他已经把饭做好。以往都是老婆先到家，然后做好饭等他回来的。老婆下班早，离家也较近。

老婆问他，你今天怎么这么早就回来了？

他刚想说，想了想又怕老婆听到他已经辞职的消息过于吃惊，于是他微笑着说，我准备辞职了。

老婆像在看恐龙一样看着他，愣了半天，你，你准备辞职？你为什么要辞职，你辞职了以后我们吃什么！

他万万没想到老婆的反应会这么大，他想和老婆说他昨晚在睡觉时想到的计划，他那周游全国乃至全球的伟大方案。

老婆把手机里刚收到的一条短信给他看，那是儿子发来的，儿子还在读大二，短信上有儿子需要的一个金额。三千块。有急用。望速寄。

他看着那个数字，就像猛地被击了一闷棍一样，顿时就懵了。儿子正是要用钱的时候啊。

老婆的眼睛已经红了，老婆说，儿子正是用钱的时候啊，你不是不知道，家里没多少积蓄哪。你，你还想辞职吗？

不，不辞了。他苦笑着，叹了长长的一口气。他的脑子里跳出来的就是儿子的脸，仿佛此刻儿子就站在面前，向他伸出长长的手，说，爸，给我三千块钱吧。

整个一晚，他都浑浑噩噩地睡着。

第二天一早，6点闹钟准时响起，他又像往常一样，匆匆爬起来，做饭烧开水，洗脸刷牙。7点刚过，他又扔下碗筷，拽起包就匆匆往外跑。

紧赶慢赶，他到公司门口时。门卫很是惊讶地看着他，说，你怎么来了，你不是已经辞职了吗？

是啊。他想起来了。那份退工单还在他包里呢。

他叹了口气。走出公司大门时，他一脸茫然。

◀ 拔 牙

人不能有钱，一有钱就什么都变娇贵了。

老王就是这么一个有钱人。钱算什么，不就钱嘛。

有一天，老王觉得牙隐隐有些作疼，其实也算不上怎么疼，若有若无。

老王就琢磨着去找医生看看。

不过，老王没去家门口不远的医院。老王径直开车去了20公里外的私人贵族诊所。

自打有了钱，老王就从没再去医院了。原因有二，其一，老王觉得有些落价，是个人都可以上医院看病，可他老王怎么着也算个有钱人吧。其二，总那么多人，挤得慌，而且老王也懒得排队去等。倒还不如去私人诊所。贵是贵了点，但能享受专门服务，而且还不用等。到了立马可看。钱算什么，老王压根就不在乎。

那个年轻的牙科医生很礼貌地朝老王微笑了笑，又点头又哈腰，您好！

老王也笑了，很有气派地点了个头。也算打个招呼。老王就

抬头看啊看星星

觉得这种笑容才够自己的身价。

老王指着那个牙,说,这个牙有些疼,时有时无的,你给看看?

年轻医生点了下头,取出一些器具,在老王的嘴里鼓捣了半天。最后点着头,问老王,你是想拔掉还是保留呢?

老王说,最好是保留啊。老王的一排牙很整齐,要是拔了一个牙,那就是等于挖个缺口啊。那可太难看了。

老王又说,只要你能想办法保留下来,钱我不在乎。

年轻医生点了下头,眉头微微皱了皱,在一张单子上"刷刷刷"地写下几笔,然后递给老王,说,只能试试了,不过,我没有完全的把握。

老王笑了,为年轻医生的谦虚。私人医院就是好,医生也实在。

即使在之后交了不少钱买那些药,老王也依然微笑着。死马当作活马医,不试试咋知道成不成呢。

不过,吃过一星期药后,死马却还是死马,还是没法救活。那牙,还是时不时地隐隐作痛。

老王又开车去了私人贵族诊所。

年轻医生朝老王苦笑着,说,不行的话只好拔了。

可年轻医生又说了句,不过前几天这里刚又进了一批药,据说有一种药对这牙的疗效挺不错。

老王刚略有些黯淡的心情顿时就有了精神,老王说,什么药?

年轻医生说,算了,这药是美国进口的,特别贵。而且在中国还属于实验性,也没十足的把握。

老王却不管,说,只要有哪怕一万分之一的希望,我都要试试。

你帮我开吧，钱算什么。我有的是！

年轻医生又"刷刷刷"地开了单子。

虽然那药确实是贵，但老王依然微笑着交着钱。钱算啥。

不过，又一个星期过去了。似乎这个特效药，对老王并没什么特别的效果。那牙，还是时不时地隐隐作痛。

没辙了。老王只好又开车去了私人诊所。

年轻医生看到老王，显得很不好意思。老王却很自然地朝他微笑着。

年轻医生说，这回，只好拔了？！

老王点头，拔吧。

上麻药，拔牙。年轻医生的技术倒不错，这一个拔牙过程几乎是一气呵成之间就完成了。

拔完，老王"喳巴喳巴"嘴，嗯，确实是没有丝毫疼痛的感觉了。

老王很满意年轻医生，还给了他几张"红票子"，算是小费。

老王高兴地驱车回了家。

晚上，老王洗完澡，略有些遗憾地看自己的牙。一瞅，老王差点吓了一跳。

那牙，没拔掉啊。拔掉的居然是旁边那一颗。

拔错了！老王苦笑。

可这牙，咋不疼了呢？！奇怪！

第五辑

荒诞乐园

◀ 休闲好时光

　　朋友张三有一天打电话给我，说他开个休闲场所，名字叫"休闲好时光"。

　　张三是个很有才华的导演，怎么好端端就去开休闲店了呢。我听着有些可惜，我还没说什么，张三就邀请我，去他的休闲场所玩玩。

　　我一想，也好。顺便也劝劝朋友，我不想那么有才华的一个朋友就这么没落了。

　　去了才发觉，张三的"休闲好时光"，不同于一般的休闲场所。休闲好时光开在一个比较偏僻的地方，外面是一个很大的院子，走进院子，就发现，里面好大啊，而且什么都有，就如同一个大型的影视基地一样。怎么看都不像是个休闲场所啊。

　　我和张三谈了我的疑惑。

　　张三微笑地问我，你觉得现在的休闲是什么？

　　我有些奇怪地看了张三一眼，说，休闲不就是让自己身心放松的地方吗？

　　张三点了点头，然后告诉我，他这里的休闲并不是一般意义上的休闲，但又可以让一般意义上的休闲更让人休闲。

张三拗口的解释让我更迷惑了，张三就指给我看，顺着张三指给我的方向，我看见院子里足足可以停上百辆汽车的停车场此刻已经停得满满当当的。这足以证明这里的生意是非常之好。

在我还有些半信半疑时，张三带我进了一间正有客人休闲的房间。

房间很大，足有几十个人列成几排坐在下首，上面的主席台前坐着个油光满面的男人，正在台前大声斥责着什么，这就如同一个局里开大会，局长在台前大声布置着任务，而下面的人员又是唯唯诺诺、毕恭毕敬地听着，唯恐慢待了领导一样。

看了一会儿，我和张三就退了出来。

我问，这就是休闲？

张三笑了，说，是啊，台前的那个人，做梦都想做局长。可到头来，局长没当上，钱倒是赚了一些，我就找了些群众演员，配合着让他坐了回局长。

我有些懂了，说，明白了，这就是休闲。

张三说，对头，凡是能解决你精神需求的，就都是休闲。

正聊着，我就隐约听见隔壁一个房间里传来一个男人骂女人的声音，男人骂得很凶，甚至有点过分，可那女人的脾气却是异常的好，随男人怎么去骂，却是不停地道着歉，反复说着是自己的不是。

我平生最见不得男人教训女人了，一个七尺男人，长着可不是欺负女人的。我正要敲门，去瞅个究竟。我就看到张三脸上的微微笑意。

我忽有所悟，问张三，这也是休闲？

张三继续着笑，说，是的，那男人娶了领导的女儿，在家里整天受着气却是不敢吭声，就只好瞒着女人来这里发泄了。

我苦笑着摇头，看来这男人也不容易。

想着，张三腰间的电话就响了，张三接完电话，忽然问我，想不想当个群众演员，去一起演一场好戏呢？

我一想，也好啊。正好可以实地看个究竟。

于是我就跟着张三来到了一个摆得像路边马路一样的房间，我被要求和十几个男男女女们一起穿上些小贩的衣服，然后脚挑手拎着一些零碎东西来到那马路边装着摆摊的样子。

尽管我有些疑惑，但我还是跟着大家一起摆上了摊。

在我还在疑惑间的时候，不知道是谁大喊了一声，城管来了——

那些跟我一起摆着摊的人马上就撒开腿跑了起来，我反应慢了一些，还好我年富力壮，我很快也跑了起来。

我边跑，边忍不住有些好奇地回过头，我就看见在我身后，还真有一个穿着城管衣服的男人趾高气扬、耀武扬威、不急不缓地向我们追来。

那个人我看着似乎有些眼熟。

在我终于跑远时，我忽然想起了那个人是谁了。

那个人，不就是常在我家楼下摆个地摊，每次都被城管追得落荒而逃的小贩阿三嘛。

◀ 失眠也会传染

比德是一名治疗失眠的医生，他开了一家诊所。

这一天，一个女人带着一个男人进了诊所，在比德的房间坐定后，女人说，我先生，他最近老是失眠。

那位男人眼圈发黑，一脸疲态。看起来，真的是失眠得比较严重。

比德一本正经地说，我想知道，您失眠的原因是什么？或者说，你是不是有什么心事未了，才导致了您的失眠。

男人看了比德一眼，很认真地说了句，其实，我想，我是一名预言家？

比德就笑了，说，那您能预言什么呢？

男人说，比如，两年前的一个晚上，我脑子里突发奇想，在第二天的一早，我住的楼下的马路上，会发生一场重大的车祸，并且还会有一个七岁的男孩丧生。当然，我开始并不以为然。但第二天一早，我在刷牙时，听到了门外的一声巨响，像是撞击发出的声音。我跑到阳台上，果真就看到了几辆车，撞在了一起。

一会儿，警车来了，救护车也来了。我看到有一个七八岁的男孩，被从撞得支离破碎的汽车里抬出来，直接就被盖上了白布……

比德听到有些讶然，说，这是真的吗？

男人摇摇头，说，我知道你不信，其实连我自己也不信。但这个事情，就是那么神奇。我的这种预言的突然来临，一般是一年一次。

男人接着说，也就是一年前的一个晚上，我脑子里又一次的突发奇想。我上班的公司对面楼下的那家银行，会在第二天的下午遭遇劫匪的抢劫。那个我常见的漂亮女出纳，会在那次抢劫中被劫匪打死。虽然有了上次的遭遇，但我还是不大敢相信。而且，即便我信了，警察会相信吗？但容不得我多去考虑这个事儿，第二天的下午，我在楼上上着班。真的就听到了来自对面银行的枪声，警车很快就把银行门口围满了。但是。真的是很遗憾，劫匪在负隅顽抗中被击毙了。漂亮的女出纳也被劫匪打死了……

比德听着，像是在听一个曲折的故事一般，他现在已经不再是惊讶了。

比德看了眼坐在一旁的女人，使了个眼色。

比德就走了出去。一会儿，女人出来了。

比德忧心忡忡地看了女人一眼，说，我觉得，你男人，可能不是为了别的而失眠。我怀疑，他有妄想症。如果他的妄想症能治好，那我想，他的失眠也就能迎刃而解了。

女人点点头，脸上满是忧愁，说，我想也是的，医生，你能有对医治妄想症，比较出色的医生可以介绍吗？我想带他再去看看。

比德想了想，给女人抄了个电话，是比德的好朋友，波纳医生的电话。比德说，我想，波纳医生可能会帮到你们。

一前一后的。比德和女人走进了房间。

比德是想结束今天的问诊了，但是看起来，男人却是很有兴趣，要把今天的谈话结束掉。

男人说，就在前几天晚上，我再次突发奇想，我的脑子里居然跳出来一串数字，是一周后彩票中奖的数字。然后，我就变得很兴奋，如果我买了这串数字的彩票，我就能中500万的大奖。我就在想，有了这500万，我该做什么，买车？买房？或者是买许多好吃的好穿的好用的东西。我就一直在纠结着这个事儿，我太兴奋了，我觉得我兴奋得就快要疯了。所以，我就失眠了，我怕我一睡着就错过了开奖的时间……

男人边说，边问比德，医生，我能把那串数字，请您记录下来吗？

比德有些不情愿，他原本就已经想把这个男人打发走了。但男人誓不罢休的表情，又让他不得不拿起了手中的笔。

比德说，你说吧。

男人就一字一句地报出了那串数字，比德随手把他们记在了一张处方笺上。

男人告辞时，朝比德说了一句，今天晚上，就是彩票开奖的时间，到时您可以看看电视。

下班时，比德经过了家门口的一家彩票销售点，那里人头攒动，有不少人在那里热火朝天地买着彩票。

比德想到了那个男人说的那串中奖数字，比德想了想，莫名其妙地对着彩票点笑了笑，就回家了。

晚上，比德坐在沙发前，翻弄着一本小说书，电视机前，不知不觉就跳出了彩票开奖的现场直播。

当一个数字报出来时，比德也没当回事儿，当后面的几个数字都报出来时，比德的心头猛地一惊。他想起来，他把那张写了数字的处方笺塞进了包里。

从包里拿出那张处方笺，再对照电视机里开奖的那串数字。

比德惊呆了。彻底被惊呆住了。

500 万。真的是 500 万哪。

第二天，当护士打开比德的房间时，吓了一跳。比德呆若木鸡地枯坐在里面的椅子上，面色苍白，眼圈发黑。

护士着急地说，医生，您，您这是怎么了？

比德苦笑笑，我，我，我失眠了。

◀ 求职文员

在大院内，小毛和小高小刘小张是从小玩到大的朋友。巧合的是，四个人还是同龄人，又是同一年入的学。

后来小高小刘小张家纷纷搬走了，但小毛和他们还是保持着联系。

那一年，四个人又同时大学毕业，一同踏入了择业的大军。

小毛历经辛劳，终于在一家广告公司谋到了一份职，几乎每天都要没日没夜加班、赶工。不过，一段时间下来，小毛的收入也从一开始的两千递增到了三千五。但是，太累了。真的是太累。

小高小刘小张没费多少周折，都各自找到了份公司文员的工作。而且这工作都很轻松，累了倦了不想上班也是可以的，还时不时地能发些奖金，待遇也都很可观的。

小毛以前是听说过文员招聘的，但感觉这么轻松的活儿，待遇应该不会很高啊。看来真的是出乎自己想象了。

有一天，小毛好不容易腾出了点空，请小高小刘小张一起去酒吧喝喝酒，聊聊天。

小毛说，做文员工资真的很高吗？

小高小刘小张各自都点着头，说，还可以啊，而且，真的是蛮轻松的，整天都闲着，没啥事做。

听得小毛满是羡慕的神情。

小毛说，你们现在都能拿多少钱？

小高说，我粗算算，一个月 8000 块上下吧。

小刘说，我大概，差不多 7000 块左右。

小张说，我全部，应该有 10000 块。

小高小刘小张的工资数字让小毛听着咋舌。娘啊。咋能拿到那么多钱啊。

不行。我也要去应聘做文员。小毛暗暗地想。

在又一天周而复始的加班后，感觉身心疲惫的小毛提出了辞职，然后头也不抬地就奔进了熙熙攘攘的人才招聘市场。

小毛啥也不看，就直往那些招聘文员的公司跑。

来之前，小毛心里就暗暗有了个心理价位。小高小刘小张都能拿到 7000 到 10000 块。那我至少也能拿到个 6000 吧。对。6000 就是我的底线了。

于是，小毛一坐到那些招聘公司台前，就问，我应聘文员，你能给我 6000 一个月吗。摇头。小毛就看也不看就走了。

连着问了好几家。小毛一说 6000。就都摇头。小毛有些纳闷了。难不成这高工资的文员工作都被小高小刘小张抢去了。

小毛接着又跑了几家。

还别说，还真有点头的。

小毛说，你能给我 6000 吗？点头。

小毛又说，上班是不是很轻松的，有时累了倦了不想上班也可以吧？点头。

小毛还说，时不时地还能发些奖金？点头。

……

看着那人一直点着头。小毛暗暗有了些后悔。是不是自己开着6000还是低了。

小毛最后问，那我什么时候可以上班呢？

被问的那人点了半天的头，居然笑了，说，哥们，讲笑话了吧。如果有时间，建议可以去看看这个。那人边说还边点着脑子状。

点得小毛满脸的绯红。

出了招聘市场，小毛满是沮丧地奔回了家。

小毛的爸正坐在沙发上摇着扇子。天有些热了。

看小毛沮丧样，小毛的爸问，找到工作了吗？

小毛摇头，说，没有。真搞不懂。小高小刘小张咋能找到那么高工资的文员呢。

小毛的爸愣了愣，忽然说了句，你不知道小高小刘小张的爸是干什么的吗？

小毛想了想，顿时有些明白了。

小高的爸是某局某处处长。

小刘的爸是某局某处副处长。

小张的爸是某局副局长。

回过头时，小毛分明看到了爸的脸上的无奈和苦涩。

小毛的爸是某公司的保安。

◀ 你咋知道

我很自豪地走向居委会，我知道这次肯定又能得到主任的褒奖。谁让我管理的五村卫生又得到区委的肯定呢！

连续几个月的月区卫生评比，在数百个小区中，我管理的五村连续获得卫生评比一等奖。为此，我得到了区委和居委的多方肯定。上月发的三百块奖金我早花完了，这次，肯定又能发三百了。

不过这些成绩主要是扫地的老婆婆的功劳。没有老婆婆起早摸黑的辛劳，我想这一切是来不了的。

居委主任在办公室里正忙，门虚掩着，我敲了敲门。

主任抬起头，笑笑说，是小李啊，坐，进来坐。

我说，主任，有什么事吗？

主任说，有两件事找你。

我心头依然喜滋滋地，说，主任，你说吧！

主任说，一个是区委转来上月评比的一等奖奖金，还是三百块！小李啊，你又为居委争了次光啊。

我说，主任，别这么说，这都是我应该做的。

还有一件事，主任忽然面色严肃了起来，区委发文件了，为了鼓励和支持本市"40、50"年纪的失业者。居委决定，将把五村扫地的外地老婆婆换成本地人。

我说，主任，这——

主任摆了摆手，说，这我也没办法啊，小李。我希望五村换了扫地的人还能得一等奖啊。

主任语重心长地说，小李，要努力啊！

这个月卫生评比，这次竟成了最差10处小区之一。五村第一次被区委批评了。居委主任面色很难看地看着我，说，小李啊，下次再这样，我也保不住你了啊！别忘了，你是临时工啊。

我有苦难言，谁让我也是外地的呢。外地人在上海是签不上合同的。

其实，在卫生评比之前，我曾多次去五村巡视检查，新来的50老太比我还凶，还老和我扯什么朝九晚五一类的。我也和主任谈过几次，主任也没说什么。

我很沮丧。我想到了辞职，早走晚走不过也就一个月之间而已。

走之前，我还是去了趟五村。

我惊喜地发现了以前的老婆婆，此刻正在打扫着。

我一下子就振奋起来。我说，老婆婆，你怎么过来了？

老婆婆苦笑笑，说，找不上别的活，只好过来了。我是帮人扫的。

我一阵哑然，帮人扫？帮谁扫的啊？

老婆婆说，帮现在扫地的本地人啊，我还和她签了合同，因为她和居委签了三年合同。

老婆婆还说，我现在的工资和以前一样，500块，因为本地人可以拿到 1000 块，给了我 500 她还能剩 500……

我一听傻了，那她人呢？

老婆婆说，不知道啊，可能在家吧！

我说，我去找她。

还没到她家门口，就听到了一阵麻将牌碰撞在一起的声音。那个 50 老太正兴致勃勃地摆弄着眼前的麻将牌。

我苦笑了笑，走开了。我要去找居委主任。

居委主任正要打电话，见我来了，忙放下话筒，说，你来了，正要打你电话了。

我说，主任，我有事情向你汇报。

居委主任摆了摆手，说，先让我说吧，区委为了照顾本地 4050 工程，又派了一个 50 老头过来接替你的职务。

主任走过来拍了拍我的肩，说，小李啊，其实我也很舍不得你，你为居委争了很多的光。

我沮丧地走出居委会大门，因为心情不好低着头走，就撞上了一人。

我忙说对不起时。对方忽然问我，你是原来管五村的小李吗？

我苦笑笑说，是啊，不过已是过去时了。

对方也笑了，说，是这样的，我就是接替你的人，我想请你帮我继续管理五村的卫生状况，工资待遇和以前完全一样。800 块！我可以跟你签三年的合同。

我一下想起老婆婆和我说过的话。

我说，那你现在的工资是 1600 块吗？

对方脸一红，你咋知道？然后对方就闭了嘴。

◄ 考验男人
....

我有一个朋友，叫刘美丽。说起来，她的感情路，充满了曲折。

我们是同事。开始我们并不熟，聊着聊着，便熟了起来。有时候，我们还会一起去吃饭，抑或是一起出去玩。

可一聊起男人，刘美丽的脸就不由沉了下来。

刘美丽说，男人，没一个是好东西。

刘美丽的话，说得我一阵惊愕。

刘美丽说，以前我在大学时代谈过一个男朋友，那个时候，那个男人很穷，但我喜欢他，他交不出学费，我就千方百计从家里弄钱给他，让他能顺利完成学业。可临毕业时，他却要和我提出分手。而且，当时我资助他的那些钱，他也并不准备还我，他还说，我们谈恋爱中任何人给予对方的，都是付出，付出是不该求回报的。

在我刚参加工作的时候，我又谈了一个男朋友，那个男朋友很能讨我的欢心，也是个很有追求的人。他开始是在一家公司上班，但始终得不到提拔。后来他就开始自己开公司，开公司需要钱，我就给了他钱。给过他钱后，他忽然就不见了，整个人就像是从这个城市消失了一样。至今我都没有找到他。

还有一个……

那一天，刘美丽足足给我讲了五个她以前失败的恋情。说得我是阵阵的冷汗，还好我没遇上这些。

说完，刘美丽长叹口气，说，所以到现在，我始终都不大敢相信男人，男人，真的是太可怕了。

我有些小心地看着她，说，其实不是每一个男人都是这样的，碰巧那些不好的男人正好让你碰上而已，我觉得大部分的男人都是不用怀疑的。

刘美丽点了点头，朝我苦笑，说，也许吧，也许是我命不好吧。

事后，我也就听过算数，也就没怎么当回事。

有一天，也不知道是我哪根筋错了。我居然想起要给刘美丽介绍男朋友了。

不过主要也是我一舅妈无意间和我说起，表弟也快三十了，可一直就没找到合适的女朋友，问我有没有合适的女孩子介绍。

我的脑子里忽然就想到了刘美丽，刘美丽不是也就 27 嘛，而且长得也漂亮，能力也是有的。虽然一向对男人有些怀疑，但如果能成功，这样的女人是最适合娶来做媳妇的。

于是，我想都没想就答应了下来。

可我一问起刘美丽，如我所料，刘美丽一听我要给她介绍男朋友，顿时就现出一脸苦色，说，张姐，你也知道，我对男人一向不怎么敢相信……

我微笑，说，放心，这次的男人你不用怀疑，你尽可以放宽一百二十个心，放心去交往。

看我满是认真的样，刘美丽半信半疑地点着头，有些勉为其难地说，行，那我，那我要不先试试……

于是，刘美丽和表弟就开始了相处。

一开始，总是很顺利。很多时候，刘美丽总在我面前提表弟的好，说表弟如何如何的浪漫，又说表弟如何如何的体贴。我只是微笑地静静听着，说，我介绍得没错吧，这样你总可以放心了吧？

可我的话刚说出口，刘美丽脸上忽然有了隐忧，说，以前那些男人，一开始也都是这样的。不行，我要试试他。

我愣了，说，你想怎么试？

刘美丽说，我要问他借一万块钱，看看他借不借给我。

我笑了，想，这算什么考验哪。

果然，当刘美丽向表弟刚提出要借一万块钱时，表弟毫不犹豫就把钱借给了她。

拿了这一万块钱，刘美丽忽然摇了摇头，说，不行。我还是不敢相信他。张姐，我是不是借得太少了点？

我说，那你觉得该借多少呢？

刘美丽想了想，咬了咬牙说，要不，我就借十万块钱试试。

我乐了，想，这又有何难呢。

果然，当刘美丽向表弟刚提出要借十万块钱时，表弟还是毫不犹豫就把钱借给了她。

借完钱后的第二天，我在公司里没见到刘美丽，当然，我也没怎么在意。很多时候，都会有人休假，这很正常。到后来的第三天，第四天，我同样也没见到刘美丽。

到第五天的早上，我还在上班的路上，电话就响了。我接了，是表弟的声音，表弟说，表姐，这几天你有见到刘美丽没有？

我说，没有啊。

挂了电话，我隐隐有了不祥的预感。

回到公司，我一问，就被告知，刘美丽事先都没请假，就不见了人影。再打她的电话，也是一直关机着。

我还为刘美丽开始担心起来，想，她不会是出了什么事吧？

就有几个同事忽然围了上来，问我，你是不是也给刘美丽介绍了男朋友，然后，刘美丽为了考验男朋友，借了十万块钱给她？

我一听，看着他们同样也是一副懊恼状，顿明白了什么，傻眼了。

◀ 伤心自行车

俺一心想着要发财，所以俺来到了上海。

可上海并不像传说中的遍地是黄金，倒是匆忙的人群，无边的高楼还有宽阔而冰冷的马路，让我不自觉有了些寒意。

好在俺很快就找到一份工作。

可工作找到了，俺却又有些犯愁。

上班的地方与住所有一段不短的距离，如果乘车，是两块钱，而如果走路，单乘就要一个小时。俺不想乘车，来回两块，一个月要一百多，俺舍不得；俺又怕走路，上班时倒无所谓，权当锻炼身体，下班时本来人就累，再走路，还真吃不消。

还好有同事建议，你去买辆自行车吧，这样就行了。

俺一想，对！俺就上商场买了一辆自行车，二百来块，倒是不贵。

住所是个很拥挤的地方，根本没有空地让我停自行车。住所旁有个商场，那边有专门停车的露天广场。

可当有一天早上，俺发现平常停俺自行车的位置已经没有俺的车时，俺知道，这辈子，俺估计是再也见不到俺那辆车了。

时间紧迫，俺不得不咬着牙，快速跑到旁边的车站。看着俺的两块钱轻轻交到售票员手中时，俺的心一下子变得空落落的。俺在心中默默开始了对小偷无数遍的诅咒。

俺把自行车被偷的事告诉同事时，同事说，你可以弄部旧车，比较破旧的那种，小偷即便偷了你的车也没多大销售价值。俺一想，是啊。还是同事聪明，俺竖起了大拇指。

可俺在周围漫无目的地找了一大圈，却愣是找不到一辆破旧自行车。

俺又愁了。

同事想了想，又说，或者你干脆这样，你去买辆新自行车，反正也就二百来块钱，破旧自行车再不济也要六七十，你再修修弄弄起码加起来也得花个上百。到时，你一看到雨天就把自行车推到外面去让雨淋，或者撒点盐在上面，那样锈起来就快。或者没事你故意把自行车摔上几下，也行。

俺听了直咋舌，那样不是太浪费了吗？

同事却朝俺瞪了一眼，浪费总比被偷了强吧，你自个儿考虑吧。

俺苦笑了笑，同事说得也不无道理啊。

俺一下班就上公司附近的一个大卖场买回了一辆新自行车，又是个二百来块。心疼地俺啊。俺用了同事教俺的办法，一个星期折腾下来，自行车真的是凤凰变野鸡——完全不一样了。即便小偷见了俺这车，估计也没想偷车的欲望了。

俺很放心地把车扔在商场边的停车处，都不用锁，随便一丢就行了。

可没到一个星期，俺的车居然又没了。

俺刚想开口骂那万恶的小偷，俺分明就在近在咫尺地一辆三轮车上看到了俺那辆破自行车。俺还看见一个脏得和灰差不多的人坐在了三轮车前。

俺一下就冲了过去，一把就揪住了那个人，很愤怒地瞪了他一眼，说，干什么偷俺的自行车！

那个人居然不慌不忙地看着我说，不就一破烂吗？你要就拿回去算了，我还嫌这东西破，连回收站都不要呢。

天哪。原来是个拾破烂的啊。

俺气呼呼地把车从三轮车上拽了下来。

为了杜绝以后这辆自行车再被拾破烂的捡走，我给车的前后轮各弄了两把锁。我就不信，现在还会有谁肯费大劲来偷这破车。

可似乎连老天都要和俺作对啊。

那天一早，俺居然发现，俺停车的位置居然只剩下两个车轮了。

天哪！是哪个缺德鬼干的啊！俺极度愤怒至极。

俺正好看见那个拾破烂的正在不远处左顾右盼着。

俺冲了过去，一把就揪住了他的领头，这回俺再也不想对他客气了，俺抡起了拳头，刚要击打下去。

那人居然朝我撇了撇嘴说，你瞎闹啥啊，又不是俺弄的！

那是谁弄的？俺的眼里冒着火。

刚来了几个市容监察的，说这几天市里要大检查，说你这车影响了市容，他们拽了半天，只好用钳子把车子……

俺看着那孤零零挂着的两个车轮，直想哭……

◀ 导 演

刘光明从小就想上电视，可一直未能如愿。这一想，刘光明就想了很多年。

刘光明最近迷上了电视纪录片《我的小区我的家》，节目主要是电视台对一些小区的居民进行集中采访，大家畅所欲言，述说着发生在自己小区里的欢乐事、苦恼事、不平事。刘光明觉得很有意思，要是自己能在节目里露回脸就好了。

这一天，刘光明百无聊赖地在小区里闲逛着，就看到不远处的停车场停了一辆面包车，有几个人在搬着类似摄像机一样的东西。刘光明想，不会是电视台来这里拍纪录片吧？刘光明来了兴趣，忙凑上前去看。

居然还真被刘光明言中了，当其中一个大胡子男人告诉他，他就是这个纪录片的导演时，刘光明乐了。天哪，怎么自己想什么就来什么啊。

刘光明握住大胡子的手不肯松，刘光明激动地说，我太高兴了，想不到你们居然到这里来了。大胡子知道刘光明心里想什么似的，说，一会儿让你在摄像机前多露几回脸。刘光明高兴地直点头，接着就要去帮他们一起搬东西。

大胡子拦住了他，说，你另外帮我个忙吧。刘光明说好，我一定尽力。大胡子说，帮我把小区里的居民都叫来，行吗？行。刘光明说。说着，大胡子往刘光明手里塞了几张钱，刘光明想推，又一想，拍电视不是都该给钱吗？一想到这儿，刘光明也释然了，把钱把裤兜一塞，就乐呵呵地去喊人了。

这个小区不大，没几栋楼，刘光明跑了一圈，大家一听有上电视的机会，就都来了。一大片人像赶场子似的，站在小区楼下的停车场处，直等着大胡子下令拍了。

大胡子看了看面前的一大堆人，似乎又怕漏了谁给人留遗憾一样，朝刘光明说，不会把谁漏了吧？要不，你再去帮我叫一下？

刘光明就屁颠屁颠地又跑了一圈，把几个动作慢的人也都喊了下来。

看看人都齐了，大胡子的手一挥，说了声：开动，摄像机就开始滚动起来。

按大胡子要求，每一个居民都至少要说上三句话，到时候他会选几个讲得比较精彩的人在电视上播放。每一个人都说得很认真，都想把握这次难得的机会。拍到刘光明时，刘光明早想好了说什么，就说得特别自然。大胡子听得直点头，翘起大拇指连连说好！

这一拍就拍了两个多小时。拍完，电视台的人动作飞快地收拾拍摄器材，本来刘光明还想和大胡子握一下手，想让他帮忙一定把他播出来，还没来得及说，大胡子他们随着车子已飞一样的开出了小区。

刘光明看着他们远去的背影，想，到底是拍电视的，做什么都争分夺秒惜时如金啊。

刘光明不紧不慢地往家走，刚走上楼梯时，就听见有人在惊呼，我家被偷了！然后，就有很多同样的声音发出来。

刘光明忙跑进自己家，发现家里早被翻得一塌糊涂。刘光明傻眼了。

警察很快就到了。

一查，整个小区差不多一大半居民家都遭窃了。

一位胖警官问几个哭丧着脸的居民，你们都没人在家吗？

有居民说了刚才电视台来拍纪录片，大家都到楼下的停车场去了。

胖警官当即拨通了电视台的电话，电视台那边说，今天没安排拍纪录片啊，即便要拍，我们也会事先和当地的居委打招呼安排组织的。电视台的还说，他们台根本就没有一个大胡子的导演啊。

毫无疑问，案犯是利用大家在拍纪录片的间隙进行入室盗窃的，这是一起有组织有预谋的案件。

挂了电话，胖警官问，有居委的人联系过吗？居委的干部摇摇头，说，没有。

胖警官问，那又是谁让你们下来拍的？

这一问，大家的目光都看向刘光明，有个晚去的居民说，他怕我们没走完，还特意跑了两趟！

有人忍不住气呼呼地指着刘光明说，你不会就是这场盗窃案的导演吧？刘光明只觉得额头直冒汗。

胖警官也目光凌厉地瞪着刘光明，冷冷地说，请跟我们回警局协助调查吧。刘光明想说自己也是受害者，是无辜的，手动了动，就触到了裤兜里的那几张钱。

刘光明忽然想哭。

◀ 梦 医

他最近做了很多的梦。

他梦见自己像个孩子样一个人自由地奔跑在空旷的田野上，蓝天白云，一切都像是童话般的美好。没有城市的喧嚣，少了生意场上无休止地纷争，他觉得一切都是那般的自在。

田野上的空气异常的清新可人，那里还有牛、羊，碧绿的草地，潺潺的河流，他躺在松软的草地上，仰望着蓝天，微闭着眼，极享受。

他还梦见过自己七岁的儿子，还有妻子。妻子带着儿子走在大街上，他走过她们身边时，她们却像没看见他一样。没和他打招呼。

他想喊住她们，他却发觉自己根本叫不出声音来。他急了。他跑过去想拉住她们。眼看他快要追上她们时，他忽然看见，路的尽头，有一个男人，一张完全陌生的面孔，在微笑着看着他的妻子和儿子。他的妻子也微笑着，走向了那个男人。

他忙把自己藏了起来。他有些难以置信，原来妻子除了他之外，居然有了野男人。他心头怒不可遏。他很想冲上去问个明白。但他忍住了。他想跟着他们，看他们接下去会去哪里，又会干些什么。

接着，他就看到那个男人，带着他的妻子和儿子，一起微笑着向他的家走去。他心头愤愤。他不明白怎么会这样。他一路悄悄跟随着他们，他很奇怪那个男人居然有他家的钥匙。男人很熟练地开了他家的门，然后进了屋，轻轻地关上了门。他在门口等了一会儿。他想摸出钥匙去开门。可有些奇怪，他站在门口，还没掏出钥匙，就发觉门似乎没关一样，他整个人就很轻易地进了屋。

他看见，他们正坐在餐桌前有说有笑地吃着饭。往日他坐的上首的那个位子，居然是坐着那个男人。他还看见了他的岳母，像以前向他笑着时朝着那个男人在笑。他还看见妻子看向那个男人时眼中的那种柔情和暖意。还有他的儿子，就像看父亲一般地看着那个男人。

他终于控制不住自己了。他疯了样扑向了那个男人。他想狠狠地把那个男人打倒，他要告诉那个男人，他才是这个家真正的男主人。

可很奇怪。他的拳头就像是扑了空一般，丝毫没把那个男人打倒。那个男人，像没事人样端着饭碗，正吃着菜。

他很纳闷。他的妻子、儿子、岳母，居然也丝毫没感觉到他的存在。

他很不解，想，她们这是怎么了。

然后，他抬起头时，他看到了摆在上首的一张挂着黑框的照片。居然是他的照片。

恍然间，他忽然有些明白了。

他还想做些什么时，他忽然觉得脸上有种湿湿的感觉。

接着，他就醒来了。他看到妻子正流着泪坐在病床边，一个劲地抽泣着。

他有些明白了。刚才是一个梦。但其实也不完全是个梦。

想着，他忽然幽幽然地叹了口气。

这么些年，他拼搏，他努力。他买下了三套别墅。他开的公司资产数十亿。他有了亿万的家产。可他却无法保证自己是健康的。

也就是在半个月前，他在一场商业的谈判席上突然晕倒了。经过医院反复论证，是癌，已经处于晚期了。能存活的概率很小，微乎其微。

他明白，那些都是自己这么些年积累下来的。他从来都是拼着命去干的。他从来没有顾及过自己的身体。

他一度想过要放弃。死就死吧。这辈子真没什么可遗憾了。

可他在这场梦后，他忽然觉得自己该活下来。好好地活下来。

他看着病床边美丽的妻子。这是他第三任妻子了，非常漂亮，是这个城市有名的美女。还有儿子，儿子的聪明伶俐也是得了他的遗传。

他交代妻子，交代他的秘书，你们去找医生，不惜一切代价要把他治好，钱不是问题，什么都不是问题。

他的这个手术，成功率极低，不到百分之一的成功率。

但他在术后，却奇迹般地活了下来，并且以超乎寻常的速度恢复着健康。

给他做手术的医生因此而被奉为"神医"。

而他脸上却很淡定。

他明白，他能活下来。靠的是那个梦，并不一定实现的一个梦。但若自己真的离开了，这个梦毫无疑问就会成为现实。

他的妻子，自他术后一直很怕看他的眼神。

他的眼神总像仇人般瞪视着她。

令她无比惶恐。

◀ 地很脏

我是居委会负责卫生方面的委员。有居民向我反映说，最近景辉五村环境卫生一直很乱。扫地的老太不大来，扫得也不怎么干净。

我去调查了一下，结果确实如此。地上很脏，满地的垃圾和落叶。我去了三次，最后一次终于见到了扫地的老太。我跑过去让老太扫干净些，老太耳朵似乎有些聋。我说了半天老太都没听清。老太还是自顾自地没把地扫干净就走开了。

于是我就去找居委会主任，主任在办公室正忙着整理统计材料。

办公室门虚掩着，我敲了敲门。主任还在专注地看着什么，只说了句：进来吧！

我走进去，说，主任，有一个情况向您汇报一下。

主任说，什么事，你说吧！

我说，景辉五村打扫卫生的老太扫不干净，地上都是垃圾、树叶的一大堆……

主任抬起头，瞪了我一眼，没说什么。只摆了摆手。

我自讨个没趣。既然主任已经知道了，我只好走了。

过几天，又有居民跑来向我反映，说景辉五村的环境卫生还是很乱，希望居委会尽快予以解决。

我又去调查了一次，地上似乎比上次更脏，垃圾、落叶也似乎更多了些。看来有好久没打扫过了。我又去了几次，却一次都没见到老太。

我只好再去找居委主任。路上遇上一同事，问我这么匆忙干啥去。我说了。同事一听，便告诉我，那老太是居委主任的一个姨妈，又说，你最好还是别去了。

我想了想，我还是去了。

主任还在忙。在办公室里忙着写着什么。

办公室门虚掩着，我敲了敲门。主任还在专注写着，说，进来吧！

我走进去，说，主任，景辉五村的卫生状况还是没有得到改善，您看……主任抬起头，微微看了我一眼，只冷冷地说了句，我知道了，我会处理的。

没几天，居委会突然召开了人员调整会。居委主任亲自主持了会议，说是接到区委通知，精简居委会机构。我一下就被调整出了居委会。

无所事事的我跑了许多地方去寻找工作。现在工作难找啊，据说前几天一个扫地的工作都有几十个老太在抢。竞争可够激烈的。

正好我路过景辉五村，想起以前的脏乱，我忽然想进去看看现在的状况。我走进时，正好看见一个老太在扫地，不是主任的姨妈。

我正欣喜间，一个以前居委的同事走过，也看见了我，笑着跑过来说，你怎么来了？

我说，正好路过，就进来看看。

我又问，怎么扫地的换人了？

同事说，是换人了，不过居委主任也换人了。

我说，怪不得啊！

同事又说，刚扫地的人是新主任的舅妈。

我恍然大悟。

因为地上还是很脏，垃圾、落叶依然满地都是。而老太没扫完地就跑开了。

◀ 权威的由来

　　小郑是个文学青年，怀着对文学的无限热忱和钟爱。小郑鼓起勇气敲响了享誉海内外的名作家老王家的门。

　　小郑非常虔诚地递上他新写的一篇小说，再三恳请老王一定指点一二。

　　老王似乎喝了点酒，满头满脸都是酒气，边看边摇头地看完小郑的小说，内容空洞、主题平淡、错字连篇。

　　老王说，小郑，你不是写作的材料。

　　小郑苦笑着说，王老师，我知道我写得确实很一般，所以才恳请像您这样的权威人士多加指导，我才能得到真正的进步啊。

　　权威人士？老王笑了，你凭什么认为我是权威人士呢？

　　小郑就诚惶诚恐地列举了老王近些年走红报刊界的代表作——娓娓道来，并且把他对老王的钦佩之情又添油加醋般地说了一遍。

　　老王说，那你能说说我那些作品中最让你满意的东西吗？

　　小郑想了半天，却说不出个所以然来。

但小郑很机灵，说，我想，这些权威刊物和权威人士极力推荐出来的作品，一定都是权威作品了。

老王忽然摇了摇头，说，小郑，你还不懂。

老王似乎酒真喝高了，忽然大着舌头说，小郑，你先回去吧，我会让你体会什么才叫权威！

小郑满脸堆满疑惑。

三个月后，正在家里还做着文学梦的小郑忽然收到《小说大家》杂志社寄来的刊物。小郑满是惊讶地拆开信封，打开刊物，小郑居然发现自己那篇小说发表在上面，文末更附有老王写的精彩点评。要知道，《小说大家》可是国内最权威的国家级小说大刊，多少作者狂热追求了一辈子都没上去过哪。更让人奇怪的是，小郑居然发现自己的小说没做任何改动，包括那些错别字。不过，对照着刊物上老王的评论去读小说，居然发现写得真还不错。

小郑心中的疑虑很快就被无边的兴奋所淹没。

更让人高兴的是，几个月后，小郑还收到《小说大家》杂志寄来的获奖证书和一千元奖金。该小说居然获得了杂志年度十大优秀小说评选之一。

小郑怀着无限的自豪拨打了杂志社的电话，电话那端的编辑高度赞扬了小郑的小说，还对权威人士对小郑小说的极力推崇表示赞赏，说他们是慧眼识珠。最后，编辑居然叫小郑为郑老师，并希望郑老师以后能多给他新作，支持他的工作。让小郑着实激动得好半响。

年末，当小郑又收到该年年度最佳小说大选，小郑惊异地发现那篇小说居然也位列其中。小郑终于按捺不住自己的激动,又去拜访了老王。顺便还带上自己最近写的一大摞小说新作。

老王似乎知道小郑要来,笑着把小郑让进屋。

比起上次的生涩,这回小郑自信了很多。小郑很自然地递上自己新写的小说,请老王老师多多批评。

老王却看都没看,就随手丢进身旁的废纸篓里。

小郑顿时哑然,说,王老师,您怎么?

老王却笑笑,说,小郑,你现在明白什么叫权威了吗?

小郑满是疑惑,想了想,似乎又欲言又止。

老王说,你是不是觉得,你那篇是不是就是权威作品呢?

小郑点了点头,又突然摇了摇头。

老王拿出了小郑那篇小说的原稿,你再看一遍你的小说吧。

小郑耐着性子读完,读得是一脸惶恐,满头是汗,确实是很差。

老王笑了,说,你还不明白权威的意思吗?

小郑还是一脸不解。

老王说,提个小问题,你觉得为什么你那么多错字,我却一个都没给你改过来。

小郑摇头。

老王说,你觉得鲁迅小说中的别解字多吗?

小郑是个鲁迅迷,没多想就点了点头。但那些字不是有其他的意思吗?小郑说。

老王说,对,可那另一层意思是鲁迅先生注解出来的吗?

小郑摇头,说,那应该是权威人士……

老王笑了。

小郑顿时有些明白了。并且更明白老王为什么看都没看，就把他的小说扔进了废纸篓。

小郑不禁有些失落。但还是很勉强地笑了笑，说，王老师，我懂了。

老王说，明白就好。小郑，你不是写作的材料，你应该明白。

小郑点了点头，刚要走出门。

突然，小郑转过头，问老王，王老师，您觉得这样的权威有意义吗？

原本满脸笑容的老王一下就愣了。

◀ 长寿的故事

张三是名记者。

张三最近的日子不是很好过，采编的一些稿件都被总编狠批了一顿，说稿件太过寻常、没有什么突出的东西。总编还朝张三瞪眼，说，你就不能找一些出奇、出新的稿件过来。

张三一想，也是。可去找那出奇、出新的稿件又谈何容易呢。

站在城市的十字路口的张三，苦笑着冥思苦想。

可想来想去，都想不出主意的张三，苦着脸回了报社。

总编的面色着实不是很好看，总编说，张三，我看你这段时间压力也太大了，要不，你休息一段时间吧。张三点了点头，说，好。总编没有说具体让张三休息的时间，也似乎变相在给张三压力，张三明白，报社的竞争一向是这么激烈的，谁让自己找不到好稿件呢。

张三也想趁这段时间正好放松一下自己，张三离开了城市，去了乡下。

张三来到了这个城市最有名的长寿村——顾村，张三想在这里好好休息一下，也充分感受一下这里独特的气息。为什么这里的人，就能那么长寿呢？！张三问过许多村里的人，想问出些什么，可被问的村人都是一脸讳莫如深，都摇头说不知道。

冬天的乡下是有些冷的。

特别是在早晨，凌厉的寒风似乎能穿透屋子，让你充分领略到寒冷的味道。张三坐在屋里都能觉得严寒，张三不得不把屋子里的暖气开到最大。

可张三发现，有一个老头模样的人，居然穿着只在夏天才穿的凉鞋、短裤、内衣，很潇洒自如地行走在村里的路上。而且，丝毫看不出这个老头有什么冷。不过，这老头似乎在做什么动作，边走着路，边做了些奇奇怪怪的动作，这令张三更纳闷了。

突然，张三脑中顿时灵光一现，这不正是自己苦苦寻找，可以出奇、出新的稿件吗？

于是，张三下了楼，悄悄地跟随在老头的身后。张三远远跟着，跟样地学着做老头做的那些动作，张三想，这老头做的那些奇奇怪怪的动作，会不会就是长寿村能长寿的秘诀呢？

老头来到一处废弃的农房处就停了下来，站在那里做着同样的动作。张三也跟着停了下来，远远地看着老头，也跟着他做同样的动作。

做着做着，张三甚至还有了突发奇想。是不是自己也可以像老头一样的装束呢？看看这样做是不是也不会冷呢？

想着，张三就脱下了厚厚的衣裤，全身上下就剩下一条内裤、一件内衣，总算张三还留了手，那双保暖的鞋子没换下来。然后张三就悄悄地跟在老头身后，做着那奇奇怪怪的动作。开始张三冷到刺骨，但慢慢地，张三觉得好了很多了。

连着几天，张三都这么悄悄地跟在老头后面，跟着做着那奇奇怪怪的动作，然后到了那处废弃的农房处时，张三就又把自己脱到只剩内衣、短裤……

有一天，张三还发觉，自己在做那奇奇怪怪的动作时，似乎已经不觉得冷了。

看来这套动作确实有奇效啊，看来这就该是长寿村长寿的秘诀了吧。

当那一天，张三确信了自己的估计，最后一次跟着老头在那废弃的农房处做那奇奇怪怪的动作时。

张三就看到一堆村人居然远远地看着自己，眼神中都带着惊异的神色。

张三走向他们时，村人们居然往后退了几步。

张三满是不解地看着他们。

张三还听到人群们似乎嘀咕了一句"怎么又多了个傻子"。

张三就更觉得奇怪了。这村里的人到底是怎么了？

然后，张三就看到那个老头居然朝自己走来，张三不由有些担心起来，老头一定是怪自己偷学他的东西了吧。

老头近到张三身边时，忽然手一动，就猛地一拍张三的左肩，直拍得张三一阵惊讶。

然后，老头忽然"呵呵呵"地朝自己傻笑起来了。边笑，老头嘴角还露出一长条的涎水。

原来是个傻子啊。

张三开始明白了村人们眼神中的惊异了。张三发觉自己的头有些晕了。

张三低下头，就看到了众目睽睽之下，自己那一身内衣、短裤的装束。

张三的脸不自觉地开始发烫起来。

然后，张三就发觉有点冷了。